ALEX LÉPIC

LACROIX UND DIE STILLE NACHT VON MONTMARTRE

SEIN DRITTER FALL

ROMAN

KAMPA

Für den Blick hinter die Verlagskulissen:
www.kampaverlag.ch/newsletter

KAMPA POCKET
DIE ERSTE KLIMANEUTRALE TASCHENBUCHREIHE
Gedruckt auf säurefreiem und chlorfrei gebleichtem Papier aus verantwortungsvollen Quellen, zertifiziert durch das Forest Stewardship Council. Der Umschlag enthält kein Plastik. Kampa Pockets werden klimaneutral gedruckt, kampaverlag.ch/nachhaltig informiert über das unterstützte CO_2-Kompensationsprojekt

Veröffentlicht im September 2021 als Kampa Pocket

Covergestaltung: Lara Flues, Kampa Verlag
Coverillustration: Bobby Evans / Telegramme Paper Co., London © Kampa Verlag
Satz: Tristan Walkhoefer, Leipzig
Gesetzt aus der Stempel Garamond LT Pro / 230225
Druck und Bindung: GGP Media GmbH, Pößneck
Auch als E-Book erhältlich und als Hörbuch bei DAV
ISBN 978 3 311 15036 7

www.kampaverlag.ch

Weißer Boulevard

1

Lacroix wollte es nicht glauben. Aber es war wie immer, wenn sich in dieser Stadt etwas Großes oder Absonderliches ankündigte: Die Welle der stillen Post wogte durch die Straßen, erfasste zuerst die Kioskverkäufer, die ihren Kunden die Neuigkeit zuraunten, dann schwappte die Information etwas abgewandelt und dramatisiert an die alten Zinktresen, wurde von dort aus weitergetragen und überschwemmte schließlich die ganze Stadt. So war es am Morgen Monsieur Hoche gewesen, der Verkäufer des Kiosks in der Rue de la Montagne Sainte-Geneviève vor dem Kommissariat des fünften Arrondissements, der ihm davon erzählt hatte. Ja, es stand in allen Zeitungen! Lacroix hatte wie üblich den *Figaro* gekauft und sich kopfschüttelnd die Landkarte auf der letzten Seite angesehen. Im Büro hatte er es dann im Radio gehört, das Capitaine Jade Rio neuerdings während der Arbeit leise laufen ließ. *France Inter* hatte davon gesprochen – und die Journalisten im *Maison de la Radio* im 16. Arrondissement waren in der Regel hervorragend informiert.

Letztlich war es Yvonne Abeille, Wirtin seines Stammbistros Chai de l'Abbaye, die ihn zu einem Nicken veranlasste, als sie am Mittag noch vor dem Zapfen des ersten Bieres fragte:

»*Mon cher Commissaire*, hast du es gehört? Es soll schneien! Am Abend schon. Hier. In Paris!«

Da Lacroix, der es sonst vermied, derlei äußere Umstände zu kommentieren, den Kopf hob und sie sogar freundlich ansah, fühlte sie sich bemüßigt, die Sache weiter auszuführen:

»Es ist eine unglaubliche meteorologische Sensation, haben sie im Radio gesagt. Drei Kaltfronten, die über dem Atlantik aufeinandergetroffen sind und in der Bretagne schon für hohe Schneeberge gesorgt haben. Nun zieht die Front gen Osten – und es ist so viel Schnee im Anflug, dass es tatsächlich weiße Weihnachten geben könnte. Das wäre das erste Mal, seit … Ach, was sag ich … Ich kann mich gar nicht an weiße Weihnachten erinnern.«

»2001 sind wir knapp daran vorbeigeschrammt«, murmelte Lacroix. »Aber 1962. 1962 gab es weiße Weihnachten.«

»Stimmt. 1962. Du hast recht. Da warst du wie alt? Drei?«

»Hmm …«

»Und ich war sechs. Herrje, ich habe es fast vergessen. Dabei bin ich mit *maman* draußen im Buttes-Chaumont Schlitten gefahren. Das war herrlich. Seit wann hast du so fundierte Kenntnisse über die Wetterverhältnisse in Paris?«

»Hmm …« Wieder grummelte er nur.

Yvonne sah ihn fragend an, ging um den Tresen herum und lehnte sich auf den Barhocker, der Lacroix am nächsten stand. Er bemerkte es: Sie war besorgt.

Eigentlich hatte sie alle Hände voll zu tun, der Laden war brechend voll jetzt in der Mittagszeit.

»Was ist los, *mon Commissaire*?«

»Ach, es ist nichts«, sagte er und sah sie zum ersten Mal richtig an. »Mir ist nur furchtbar langweilig. Es ist seit Tagen so ruhig im Kommissariat, ich könnte den ganzen Tag hier an der Theke sitzen. Und nun reden auch noch alle nur über den Schnee, der heranzieht. Bis Weihnachten wird es kein anderes Thema mehr geben – und es wird nichts mehr passieren.«

Sie sah ihn nach seinem unwirsch vorgetragenen Monolog kurz an, erstaunt zwar, doch sie kannte ihn so gut wie kaum jemand und wusste: Lacroix konnte Langeweile einfach nicht ertragen.

»Mach es dir gemütlich. *Plat du jour* ist *confit de canard* aus der Gascogne, jetzt, wo es so schön kalt ist. Wein oder Bier?«

»Ein Roter wäre gut.«

»Besser als ein Toter«, sagte sie und musste über ihren eigenen Witz laut lachen. Nur Lacroix' Laune war immer noch im Keller.

Sie stellte einige Augenblicke später ein Glas mit dem kalten Chinon von der Loire vor ihm ab, den Lacroix so mochte. Er nahm einen Schluck, während die Wirtin im Gastraum verschwand, um die Angestellten der umliegenden Büros zu bedienen. Ein angenehmer Klangteppich aus Stimmen und leisem Gelächter umgab den Commissaire. Doch er sah nur in fremde Gesichter, das Quartier war voller Touristen und Weihnachtsgeschenkekäufer, die hier kurz Rast machten. Stammgäste waren nicht zu sehen, auch nicht die beiden anderen Männer ihrer Theken-Troika, deren Gesellschaft Lacroix hätte aufmuntern können: Pierre-Richard hielt die Mittagsmesse und würde erst später kommen. Lacroix konnte sich kaum an die Zeit erinnern, als sein Bruder noch nicht Pfarrer der altehrwürdigen Basilique Sainte-Clotilde in der Rue las Cases im siebten Arrondissement gewesen war. Und auch bei Alain, dem Gemüsehändler gegenüber, standen die Hausfrauen Schlange, um fürs *dîner* einzukaufen. Lacroix würde also allein bleiben. So griff er nach dem *Parisien*, der verlassen auf der Theke lag, und blätterte missmutig darin herum.

In der Titelgeschichte ging es um die neuen Fahrradwege an den Quais, darunter stand eine Hommage an eine kürzlich verstorbene Filmschauspielerin. Im Innenteil gab es eine größere Geschichte über Korruptionsvorwürfe gegen einen Politiker aus den Yvelines und ein Porträt einer berühmten Nonne, die in Sacré-Cœur erwartet wurde. Die Schlagzeile lautete: *Die Mutter Teresa der Moderne kommt nach Paris*. Lacroix rümpfte die Nase. Dann las er aufmerksam die kurzen Berichte aus den einzelnen Quartieren. Ein Wohnungsbrand an der Place d'Italie. Eine Notiz über die gestiegenen Besucherzahlen auf dem Weihnachtsmarkt an den Champs-Élysées. Doch was war das? Er stutzte und las die kurze Meldung noch einmal.

Diebstahl der Weihnachtsbeleuchtung auf der Place du Tertre

Auf der beliebten Place du Tertre in Montmartre ist in der Nacht zu gestern die komplette weihnachtliche Beleuchtung entwendet worden. Erst vor einer Woche hatte Charles Dufour, Bürgermeister des 18. Arrondissements, die eintausend glänzenden Lichter eingeweiht, die rund um den Platz angebracht waren, gesponsert von Électricité de France, Frankreichs führendem Stromkonzern. Einem Straßenkehrer war der Diebstahl in den frühen Morgenstunden aufgefallen, von den Tätern fehlt jede Spur. Hinweise nimmt das Kommissariat des 18. entgegen, Commissaire Violet leitet die Ermittlungen.

»Deine Keule«, sagte Yvonne, und Lacroix erschrak kurz, weil er so in Gedanken versunken war, doch dann machte er Platz, und sie stellte den dampfenden Teller vor ihm auf den Tresen. Die Ente war kross und die Soße aus Rotwein und Zwiebeln dunkel und glänzend. So hatte er es am liebsten. Dazu servierte Yvonnes Gatte, der in der winzigen Küche des Bistros unentwegt werkelte, weiße Bohnen aus Tarbes, einer kleinen Stadt in den Pyrenäen. Die Sämigkeit der Bohnen passte wunderbar zu dem feinen Geschmack des tiefroten Entenfleischs.

Doch Lacroix konnte noch nicht essen. »Darf ich kurz telefonieren?«

»Nimm es dir bitte selbst«, antwortete Yvonne, »ich muss servieren. Aber lass dein Essen nicht kalt werden.«

Er ging um den Tresen herum, fiel fast über Yvonnes

braunen Yorkshireterrier Idefix, der hinter der kleinen Klapptür lag und schlief, und griff sich den Hörer des alten Telefons. Er kramte in seinem Notizbuch und fand schnell die Nummer, die er suchte. Am anderen Ende wurde sogleich abgehoben.

»*Commissariat du 18ème, Commissaire Violet?*«

»Rose …«, Lacroix' Stimme war so sanft geworden, dass Yvonne ihn misstrauisch von der Seite ansah, »hier ist …«

»Der berühmte Lacroix«, ergänzte die rauchige Stimme am anderen Ende mit einer Mischung aus Vertrautheit und kaum verborgener Ironie. »Der berühmte Lacroix, der sich hier seit Jahren nicht mehr hat blicken lassen. Herrgott, ich freue mich, deine Stimme zu hören!«

»Es ist so merkwürdig, Rose, wie weit der Weg auf deinen Berg von hier aus erscheint.«

»Ach, ihr Flachlandpariser. Dabei schlägt das Herz der Stadt doch genau hier oben.«

»Ich habe gerade überlegt, ob ich den Weg mal wieder auf mich nehmen sollte.«

»Wie komme ich zu der Ehre? Es ist doch gar kein Mord geschehen, den ich nicht allein aufklären kann und für den ich die Hilfe des berühmtesten aller Pariser Commissaires brauche. Hier herrscht absolut tote Hose, schon die ganze Adventszeit lang. Auch mal schön, kann ich dir sagen. Nur ein paar Taschendiebstähle und diese Lichterketten. Nichts, wofür ich vier Tage vor Weihnachten meinen Allerwertesten aus dem Sessel hebe.«

Er musste es klug anstellen, dachte Lacroix. Seine Eingebung war zu merkwürdig, er verstand sie ja selbst nicht. Und Rose Violet war zwar eine sehr gute Bekannte, nein, eine enge Freundin, aber sie bewachte ihre Bezirksgrenzen wie ein Schießhund und konnte es kilometerweit riechen, wenn andere Commissaires versuchten, sich in ihre Angelegenheiten einzumischen.

»Ich habe gerade den *Parisien* gelesen und bin über genau diese Lichterketten gestolpert«, sagte er beiläufig. »Und da ich hier unten auch nichts zu tun habe, dachte ich, ich komme mal hinauf und sehe mir das an. Es ist doch zu kurios …«

»Kurios, du sagst es. Mein Brigadier war draußen und hat die Sache aufgenommen, Castraux, ein neuer Mann, du kennst ihn noch nicht. Er sagte, die Maler seien außer sich, weil die Touristen wegblieben, wenn nicht alles glitzert und funkelt. Das Rathaus hat auch schon angerufen, ich muss mich da wohl mal blicken lassen. Und wenn ich dich mit einer so faden Geschichte auf den Berg locken kann, dann ist mir das gerade recht. Also, Lacroix, sagen wir: Sechzehn Uhr auf der Place du Tertre?«

Lacroix sah auf die Bahnhofsuhr an der Wand. Er konnte in aller Ruhe essen und dann sogar ein Stück laufen, er hatte noch viel Zeit.

»Einverstanden. Bis nachher, Rose.«

»Bis nachher, Lacroix.«

Er ging um den Tresen herum, zog den Teller zu sich und begann, die Entenkeule zu zerlegen. Dann nahm er das Glas und trank einen Schluck von dem fruchtigen Wein, bevor er sein Mahl begann. Seine Laune war schon erheblich besser als noch vor wenigen Minuten.

2

Rose Violet war die dienstälteste Leiterin der Pariser Kommissariate, Lacroix folgte ihr auf dem Fuß. Immer wenn sie sich begegneten, und das war in den letzten Jahren nicht sehr häufig vorgekommen, verstanden sie sich prächtig. Sie frotzelten miteinander, wie altgediente Beamte das eben taten, aber vor allem war da beiderseits großer Respekt.

Darüber dachte Lacroix nach, während er durch die leeren Straßen ging. Er hatte das Chai de l'Abbaye Richtung Norden verlassen und am Pont Neuf die Seine überquert. Auf dem schmalen Gehweg musste er üblicherweise ständig Haken schlagen, um den vielen Passanten auszuweichen, heute waren ihm vielleicht fünf Menschen begegnet, alle dick eingemummelt, doch auch Schals und Mützen verhüllten nicht die Atemwolken, die durch die Luft waberten. Es war so kalt, dass die, die es sich leisten konnten, Taxi fuhren. Die Touristen hatten sich sicher für den warmen Louvre entschieden, überlegte er, oder es sich in einer der überfüllten Brasserien gemütlich gemacht. Die meisten Pendler waren hingegen in den Untergrund ausgewichen. Lacroix fuhr nie mit der Metro, er war nicht dafür gemacht, elend lange Treppen hinabzusteigen und dann grau gewandeten Menschen mit traurigen Gesichtern im kalten Licht der Schächte zu begegnen. Er nahm regelmäßig den Bus, doch die meiste Zeit lief er zu Fuß durch seine Stadt. So hielt er es auch heute, obwohl er sich tatsächlich nicht erinnern konnte, wann ihm zuletzt so kalt gewesen war. Es roch nach Schnee, keine Frage.

Sein Wintermantel und der dicke Hut schützten ihn. Er wandte sich nach Westen in Richtung der großen Boulevards. Schon hier spürte er, dass er sich dem Berg näherte. Die Straßen wurden ein wenig steiler, je weiter er nach Norden kam. Er sah auf die Uhr und entschied sich dann doch für den 85er-Bus Richtung Saint-Ouen. Jeder Platz war besetzt, die Luft war muffig. Er blieb stehen und beobachtete, wie die Stadt sich veränderte. Je weiter sie fuhren, desto bunter wurden die Leuchtreklamen über den Schaufenstern, desto mehr Schwarze standen in den Straßen rund um Barbès. An der Station Rochechouart stieg er aus, in der Ferne konnte er das Moulin Rouge ausmachen. Pigalle, in seiner Jugend ein Sündenpfuhl, war heute eine Mischung aus purer Kulisse und schäbiger Patina.

Lacroix stapfte die steile Straße empor, die ihn zur Station des *funiculaire* führte, und stieg in die fast leere Bergbahn. Er hätte ohne Probleme die Treppen hinauf zur Kirche nehmen können, doch er liebte die sonderbare Einrichtung dieser grauen Züge, die auf einem Zahnrad den Montmartre emporsausten. Eine Kabine hinauf, eine herab. Es war keine große Anhöhe, die Fahrt dauerte nur anderthalb Minuten. Doch der Blick war atemberaubend: Dort oben stand Sacré-Cœur, die weiße Kirche mit den drei runden Türmen und den feinen Ornamenten. Am Ende der Fahrt drehte er sich um, und da war: Paris. Die Stadt breitete sich vor ihm aus, erst die verwinkelten Dächer des 18. Arrondissements, dann der Abhang hinunter zum neunten. In der Ferne die Türme von Notre-Dame, rechts davon die lange Linie des Louvre – und ganz rechts, wie eine Verheißung, der Eiffelturm. All das konnte er von hier überblicken, eine Stadtrundfahrt in neunzig Sekunden zum Preis eines Metrotickets. Manchmal musste er sich kneifen, dass das Leben ihn ausgerechnet hierhergeführt hatte.

Er löste sich von dem Anblick, wandte sich direkt nach links und ging an der Panoramaterrasse entlang. Für einen Besuch der Kirche fehlte ihm heute die Zeit. Die Straßen wurden voller, hier oben hielten es also doch noch einige Touristen aus, obwohl es so zog. Eine Kutsche bog um die Ecke, Lacroix musste zweimal hinsehen: Die ganze Holzkonstruktion war mit weißem Kunstschnee beklebt, der Kutscher trug ein Weihnachtsmannkostüm samt Rauschebart, und das braune Pferd hatte ein Elchgeweih auf den Ohren. Hinten saßen lachende Chinesen und machten mehr Fotos von ihrem Gefährt als vom heiligen Berg. Der Commissaire schüttelte den Kopf und ging weiter, noch eine Linkskurve, und dann breitete sie sich vor ihm aus: die Place du Tertre, umgeben von stattlichen Bürgerhäusern, in den Erdgeschossen Restaurants, deren farbige Markisen den grauen Winternachmittag erleuchteten. Und dann, unter dicken Heizstrahlern, die Maler und Porträtisten. Es mussten bestimmt einhundert von ihnen sein, auch heute, bei dieser Kälte. Sie saßen dort Staffelei an Staffelei und sahen ungeduldig zu den Zugängen des Platzes, warteten auf Kundschaft. Aber wer wollte allen Ernstes Modell sitzen bei dieser Hundekälte?, fragte sich Lacroix.

Bevor er in die Bäume schauen konnte, den Ort des Verbrechens, sah er sie schon. Sie schritt den Platz ab, als sei er ihr untertan. Sie trug einen schwarzen Mantel, der sie wie Brigitte Bardot aussehen ließ, eine füllige Ausgabe der Bardot vielleicht, doch er stand ihr ganz ausgezeichnet. Rose Violet musste ein wenig älter sein als er, aber er hatte sie nie gefragt – sie war der Typ Pariser Lady, den man nicht mit solchen Dingen behelligte. Sie rauchte ohne Unterlass, zog bei jedem zweiten Schritt an ihrer Zigarette. Lacroix fiel erst jetzt auf, dass er vergessen hatte, seine Pfeife anzuzünden. Er war wirklich in Gedanken gewesen. Er nahm sie aus der Tasche, überlegte es sich dann aber anders und steckte sie wieder ein. Dann standen sie voreinander, und sie zog ihn unumwunden an sich, um ihm Wangenküsse zu geben. Keine Chance auf Gegenwehr. Warum auch?

»Rose«, sagte er, ehrlich erfreut.

»Mein lieber Lacroix, eine Freude«, sagte sie. »Das ist Brigadier Castraux, einer der wenigen fähigen Leute, die sie einem heute von der Akademie schicken.« Sie wies auf einen jungen Mann, den der Commissaire bislang gar nicht wahrgenommen hatte, so konzentriert war er auf Rose gewesen. Der Brigadier war klein und schlaksig, dünn gar, er steckte in der Uniform der jungen Leute: Jeans, Poloshirt, dazu diese scheußlichen Turnschuhe. Sie gingen doch nicht joggen, herrje.

»Sehr erfreut«, sagte Lacroix, und der junge Mann schüttelte ihm ehrfurchtsvoll die Hand.

»Ich frage dich nicht, was das soll, Lacroix«, sagte Rose mit einem Stirnrunzeln, »noch nicht. Denn dass du mich aus dem warmen Büro holst, das werde ich dir nur verzeihen, wenn du mich zum *apéro* einlädst. Aber wenn wir schon hier sind, dann sehen wir es uns auch an.« Sie wies einmal um sich. »Wie Sie sehen, sehen Sie nichts.«

»Es ist lange her, dass ich das letzte Mal im Advent hier oben war«, sagte Lacroix. »Wie sah es denn vorher aus?«

Castraux nahm sein Telefon aus der Hosentasche – was denn auch sonst? – und wischte mit dem Finger über den Bildschirm.

»Hier, bitte …«

Lacroix griff nach dem Gerät, als würde er sich daran verbrennen, und besah sich die gestochen scharfen Aufnahmen. Er schnalzte mit der Zunge.

»Wie auf einem Rummel«, sagte er.

»Oh ja, Électricité de France hat keine Kosten und Mühen gescheut, und der Bürgermeister hat das Sponsoring mit Freuden begrüßt«, bestätigte Violet.

Die Sophoras, die japanischen Bäume mit ihren lichten Zweigen, die den Platz säumten, waren über und über mit goldenen Lichtern geschmückt, die in Form von Weihnachtssternen, Sternschnuppen und Rentieren erstrahlten. Über den Lampen wehten kleine

Banderolen mit dem Logo des Energiekonzerns. Nicht mal an Weihnachten gab es etwas geschenkt. Er ließ das Telefon sinken und betrachtete die graue Realität. Die Bäume waren noch da. Die Beleuchtung aber fehlte.

»Es ist …«

»… ja, es ist sehr merkwürdig«, sagte Commissaire Violet. »Wer klaut denn Glitzerzeugs? Das habe ich meine Jungs gefragt. Sie hatten auch keine Antwort. Vor allem so viel auf einmal. Das kann sich ja auch niemand zu Hause hinhängen.« Sie schüttelte den Kopf.

»Wie ist es denn passiert?«

»Nun, es war ein ganz normaler Abend, vorgestern, meine ich. Die Beleuchtung war eingeschaltet, sagten die Maler, die mein Kollege vernommen hat. Doch es hat geregnet, scheußlicher Nieselregen. Deshalb hatten die Restaurants früher geschlossen als sonst. Ideale Bedingungen für einen Dieb. Obwohl, es ist die Place du Tertre, hier ist immer ein knutschendes Pärchen unterwegs. Ach, diese verliebten Paare. Siehst du denen auch immer so sehnsüchtig nach, Lacroix? Wo sind nur die Jahre geblieben.« Sie sah wehmütig in die Ferne, besann sich dann aber. »Der Straßenkehrer war am nächsten Morgen der Erste hier, zumindest der Erste, dem aufgefallen ist, dass etwas nicht stimmt. Er sagte aber, dass er erst nach zwanzig Minuten in die Bäume gesehen hat. Alles war weg, alles, selbst der letzte Weihnachtsstern. Alle Kabel. Der Aufbau hat zwei Tage gedauert, sagt der *maire*. Das muss eine Heidenarbeit gewesen sein, das alles in nur einer Nacht abzubauen. Wer macht so etwas?«

»Hat der Bürgermeister Anzeige erstattet?«

»Brauchte er nicht. Öffentliches Interesse. Aber er hat gleich mal *Le Parisien* eingeladen. Offenbar war er fuchsteufelswild und erwartet, dass wir uns ordentlich anstrengen, um den Diebstahl aufzuklären. Aber, Herrgott, es sind Lichterketten.«

Lacroix betrachtete die Bäume, sie waren leer und karg. »Hier hing alles voll?«

Rose nickte. »Es ist nichts übrig geblieben, nicht mal die Kabeltrommeln oder etwas von der Stromversorgung.«

»Die Diebe haben ganze Arbeit geleistet. Gibt es eine Videoüberwachung?«

»Nicht auf der Place du Tertre. Die Anwohner haben sie abgelehnt. Datenschutz.« Rose lachte bitter.

»Ich würde gern mit den Malern sprechen«, sagte Lacroix.

»Tu, was du nicht lassen kannst.«

»Kannst du mich begleiten? Dich kennt man hier.«

»Du bist Lacroix. Ganz Paris kennt dich!«

»Rose …«

»Es ist so kalt.« Sie rang mit sich, warf dann aber die aufgerauchte Zigarette weg. »Na gut. Aber dafür gibst du mir gleich einen Wein aus.«

»Einverstanden.«

3

La Mère Catherine, Au Cadet de Gascogne, Le Sabot Rouge, Chez Eugène. Die Restaurants in den alten Bürgerhäusern hatten ihre Terrassen fein säuberlich mit kleinen Zäunen abgeteilt, jeweils in den Farben des Restaurants gehalten, blau-rot oder in bordeauxrotem Karo. Um die Außenplätze, die verwaist waren, gruppierten sich die Maler. Sie waren der Grund, warum die Restaurantterrassen das ganze Jahr über gut gefüllt waren. Aber auch die Menüs waren günstig und reichhaltig. Dennoch würde kein Pariser hier auch nur einen Baguettekorb ordern. Lacroix kannte die Horrorgeschichten über mit Käsescheiben überbackene Zwiebelsuppen aus dem Tetra Pak oder Steaks, die so zäh und sehnig waren, dass jeder Pariser Fleischer sich eher entleibt hätte, als derlei zu verkaufen. Deshalb machten die Commissaires einen weiten Bogen um die Speisekarten, die auf großen Tafeln notiert waren, und gingen zum hinteren Teil des Platzes. Zwei ältere Damen standen rauchend neben ihren Staffeleien, eine von ihnen trug einen Pelzmantel, der echt zu sein schien.

»*Excusez-nous,* Mesdames«, sagte Violet.

»Oh, Commissaire«, sagte die Frau im Pelz, »kleine Lizenzprüfung?«

Die Lizenzen auf der Place du Tertre waren begehrt

und streng limitiert, sie bekam nur, wer dem *maire* nachweisen konnte, dass er wirklich gut zeichnete – ähnlich wie bei den Musikern in der Metro, die die besten Stationen auch nur bekamen, nachdem sie erfolgreich der Stadtverwaltung vorgespielt hatten.

Lacroix betrachtete die Bilder auf den Holzrahmen, die als Beispiele ausgestellt waren: Die Dame im Pelz zeichnete liebliche Porträts in Aquarell, strahlende Farben und verwischte Konturen. Die andere schien sich auf Karikaturen spezialisiert zu haben, sie benutzte Kreide. Ein Bild des Präsidenten mit großen Ohren und wütenden Augen hing dort.

»Nein, Mesdames, wir sind hier wegen der gestohlenen Lichterketten.«

»Ein Jammer«, sagte die eine Frau. »Wir haben die neue Beleuchtung so gemocht, sie glänzte so schön. Mir wurde immer ganz warm ums Herz.«

Sie mussten ein kurioses Bild abgeben, die drei älteren Damen, über deren Köpfen der Tabakrauch aufstieg. Lacroix dachte wieder an seine Pfeife. Aus dem Augenwinkel sah er, wie ein Fotograf mit professionellem Equipment Bilder vom Platz machte. Der Commissaire dachte kurz, er würde auch sie fotografieren, verwarf den Gedanken aber gleich wieder. Warum sollte er?

»Waren Sie in der Nacht vor Ort?«, fragte Violet. »Wir sind auf der Suche nach Zeugen.«

»Sie sehen es ja, tote Hose. So ist es seit Tagen. Vorgestern hat es gegossen wie aus Eimern. Der Einzige, der da noch arbeitet, ist der alte Fuchs.«

Lacroix sah sie fragend an, doch Rose Violet nickte wissend.

»Der arbeitet immer. Und er hat auch immer zu tun. Anders als wir …«

»Ist er noch an seinem alten Platz?«

»Der schlechteste Platz. Mit der meisten Kundschaft. Viel Spaß, wenn Sie ihn befragen wollen.«

»*Merci*, Mesdames.«

»Wen meinen die Malerinnen?«, fragte Lacroix. Er mochte es gar nicht, bei solchen Gesprächen unwissend danebenzustehen. Doch das hier war eben nicht sein Bezirk. Im fünften, sechsten und siebten Arrondissement, da kannte er allen Klatsch und Tratsch und wusste stets, was in den Ecken geraunt wurde. Und wenn er mal nicht Bescheid wusste, dann konnte er getrost Yvonne oder seinen alten Freund Alain, den Gemüsehändler, fragen.

»Sie meinen Serge Foll.«

Den Namen allerdings hatte Lacroix schon gehört. »Der renitenteste Künstler von Paris?«

Sie grinste ihn von der Seite an. »Ich habe schon befürchtet, dass wir nicht darum herumkommen werden, ihn zu befragen, hatte bislang aber keine Lust. Und ich hatte die leise Hoffnung, dass vielleicht auch die Damen etwas wissen.«

»So schlimm?«

»Du wirst es gleich sehen, mein lieber Lacroix.«

Sie gingen um den Platz herum, weg von den Restaurantterrassen. Leichter Uringeruch hing in der Luft. Der Commissaire war sicher, dass sich hier nun wirklich kein Tourist mehr hinverirrt hatte, wenn der Platz vorn schon so ausgestorben war. Als sie um die Ecke bogen, wurde er eines Besseren belehrt. Vor einer Staffelei standen Dutzende Menschen Schlange, die meisten eingehüllt in dicke Funktionskleidung. Maler und Leinwand waren hinter der Menge nicht zu erkennen.

Sie traten näher und betrachteten den Auflauf. Alle diese Menschen schienen zu warten, bis sie an der Reihe waren. Lacroix war verblüfft. Rose Violet reichte es, sie drängelte sich an der Schlange vorbei, der Commissaire folgte ihr.

Er kratzte sich am Kopf, als er den Mann sah. Er hatte schon einiges über den Künstler Serge gehört, doch gesehen hatte er ihn noch nie. Der Mann war ein lebendes Klischee. Die Staffelei vom Publikum abgewandt, saß er in einem ausladenden Sessel mit Armlehnen, als hätte ihn Hemingway persönlich erdacht: Ein dunkelbrauner Lodenmantel, die grauen Haare schauten wirr unter einer Baskenmütze hervor, dazu ein langer Kinnbart. Hinter einer Hornbrille schauten seine Augen unverwandt auf das Bild, das er mit langem Pinsel bearbeitete, dabei hielt er den Kopf ein wenig schräg. Im Mundwinkel klemmte eine glimmende Kippe, Lacroix hätte Wetten angenommen, dass es sich um eine filterlose Gitanes handelte. Vor ihm auf einem deutlich unbequemeren Hocker saß eine junge Asiatin. Sie saß ganz aufrecht und steif da, als wagte sie es nicht zu atmen. Immer wieder sah der Maler erst sie an, dann betrachtete er die Leinwand und nahm noch einige Änderungen vor. Die drei Polizisten blieben stehen, bis der *maître* zufrieden schien. Dann stand er auf, hielt einen Moment inne, griff nach der Leinwand und drehte sie um. Ein Raunen ging durch die Menge.

Auch Lacroix hob erstaunt die Augenbrauen und trat einen Schritt näher, um das Gemälde genauer zu betrachten. Es war wirklich unglaublich: Das Bild war eine originalgetreue Kopie dieser Frau, mehr noch, die Frau auf der Leinwand war noch schöner als die, die neben ihm stand, dachte Lacroix, ohne damit die Asiatin mit ihrer porzellanfarbenen Haut und ihren dunklen Augen herabzuwürdigen. Der Künstler hatte sie nicht einfach schöner gemalt, als sie war, es war vielmehr so, als habe er neben ihrem Gesicht auch noch Teile ihrer Persönlichkeit aufs Papier gezaubert.

Die Frau hatte die Hand vor den Mund geschlagen vor Rührung. Sie wartete, bis der Maler die Leinwand wieder auf die Staffelei gestellt hatte, dann umarmte sie ihn, und er grinste, während er die junge Frau in den Armen hielt. Er verpackte das Bild in eine dünne Folie, gab es ihr, und sie zog, ihr Porträt fest an sich gedrückt, von dannen. Ehe sich die nächste Kundin auf den Hocker setzen konnte, traten Violet und Lacroix zur Staffelei, Castraux im Schlepptau.

»Bonjour, Monsieur Foll«, sagte Violet. Der Künstler sah auf, und binnen Sekunden veränderte sich seine gesamte Gestalt. Die Hand, die eben so feinfühlig den Pinsel geführt hatte, ballte sich zu einer Faust, während er wütend das Gesicht verzog.

»*Non*«, sagte er, und seine Stimme war rau und tief, dabei aber ganz leise, als versuche er, sich zu zügeln.

»Ich habe noch gar nichts gesagt.«

»Das können Sie sich auch sparen. Ich rede nicht mit *flics*.«

»Wir können es ja vielleicht mal versuchen, Sie wissen doch noch gar nicht, worum es geht.«

»Wenn Sie hier auftauchen, gibt es Ärger.«

»Herrgott, Monsieur Foll«, jetzt klang die Commissaire ärgerlich. »Nun lassen Sie mich doch einfach meine Frage stellen, und dann sind wir wieder weg.«

Er sah zu ihr auf und knurrte: »Entweder Sie verhaften mich oder Sie hauen ab. Ich bin kein Helfershelfer für irgendwas.«

Rose ließ die Schultern sinken. Lacroix sah sie von der Seite an, sie nickte stumm. Ohne ihre Zustimmung hätte er in ihrem Revier keine Befragung übernommen, so aber räusperte er sich und ergriff das Wort.

»Monsieur Foll, mein Name ist Lacroix, ich bin der Leiter des Kommissariats im fünften Arrondissement.«

Interessiert sah der Mann nun ihn an, seine Miene blieb aber finster. »Und wenn Sie mir den Innenminister herschleppen!«

Lacroix überlegte nur kurz. »Im Interesse Ihrer Kundschaft«, begann er und hatte einen schärferen Ton angeschlagen, »die sicher weiter von Ihnen gemalt werden möchte, bitten wir Sie doch nur um eine Antwort. Ansonsten rufen wir nämlich gleich den Richter an, und dann kommen wir wieder und schleppen Sie einmal quer über den Platz und verhören Sie im Kommissariat. Dann verlieren Sie einen ganzen Tag. Anschließend bitte ich auch gleich mal die Kollegen vom Finanzamt um eine genaue Buchprüfung. Dann werden wir sehen, ob Sie all die Kunden, die Sie hier täglich zeichnen, auch steuerlich geltend machen – oder nur drei, vier wie die anderen, die neben Ihnen sehnsüchtig auf Kundschaft warten.«

Serge Foll ließ seinen Pinsel sinken. »Eine Frage …«, sagte er leise.

»Sie waren der Letzte, der vorgestern Nacht gearbeitet hat. Wie lange waren Sie hier? War zu diesem Zeitpunkt die Beleuchtung noch da? Und ist Ihnen etwas oder jemand aufgefallen?«

Der Mann lehnte sich zurück und grinste. »Wegen der Funzeln schicken die *flics* gleich zwei Commissaires? Ehrlich? Das glaub ich nicht. Arbeiten Sie also doch für die großen Konzerne? Sind die Herren von Électricité de France sauer, weil ihnen die Werbemaßnahme abhandengekommen ist?« Er lachte ein raues Lachen.

»Sie wollen nicht, dass wir Ihre Zeit vergeuden, also vergeuden Sie auch nicht unsere, Monsieur«, sagte Lacroix.

»Gut. Ich saß hier bis elf, halb zwölf, dann bin ich nach Hause. Da brannte die Beleuchtung, der ganze Platz sah aus wie ein beschissener Jahrmarkt. Es ist nicht zum Aushalten, dieser Kitsch. Mein Paris verkommt langsam zum Disneyland.«

»Sie mögen die neue Beleuchtung also nicht?«

»Die Kitschmaler um mich herum, die mögen den

Kitsch. Ist ja auch klar, er bringt ihnen Kunden, die auch Kitsch mögen. Ich aber bin Künstler! Und von meinen Werken lenkt jeder äußere Einfluss ab. Wegen mir können Sie dem Dieb einen Orden verleihen.« Er schnaufte angewidert, hob den Arm und wies in Richtung Kirche. »Sehen Sie, dort, das haben die aus unserem Quartier gemacht. Einen Vergnügungspark, in dem die Gäule Elchgeweihe tragen.«

Tatsächlich war die Schneekutsche in diesem Moment um die Ecke gebogen und fuhr provokativ langsam an ihnen vorbei.

»Und dann noch dieser Baum unten am Hügel. Mit einem riesigen Kreuz obendrauf. Die Kirche glaubt wohl, sie könne sich alles erlauben! Aber in Frankreich …«, er klopfte mit seinem Pinsel auf die Staffelei, »herrscht der Laizismus. Da hat die Kirche nicht den Baum zu stiften!«

Lacroix ließ sich von Folls Tiraden nicht beirren. »Ist Ihnen etwas aufgefallen in der Nacht?«

»Wenn ich hier fertig bin, dann sehe ich mich nicht um. Ich packe mein Zeug und gehe nach Hause, denn dort erwartet mich der eigentliche Höhepunkt des Tages. Sie werden das nicht verstehen, Commissaire, auch wenn wir in einem Alter sind. Und ich habe nicht vor, es Ihnen zu erklären.«

»Mir reicht, was Sie mir bisher erklärt haben, Monsieur Foll. Danke. Und pinseln Sie schön.« Lacroix stapfte davon.

Rose flüsterte etwas zu Castraux, der verschwand, dann folgte sie ihm.

Der Commissaire war sauer. »Eingebildeter Kretin …«, knurrte er, griff in seine Manteltasche und nahm die Pfeife heraus.

»Bitte, Lacroix«, sagte Rose flehend, »du hast mir einen Wein versprochen. Meine Füße sind Eis, los, gehen wir gleich rein.«

Er steckte die Pfeife wieder ein und ließ sich von ihr in das erstbeste Bistro ziehen. Sie setzten sich an einen Tisch im hinteren Teil, und der Commissaire bestellte zwei Gläser Tursan aus dem Südwesten. Er war überrascht, dass sie in dieser Touristenspelunke so einen Wein führten.

»Was war das denn?«

»Sympathischer Mann, oder?«

»Ich habe schon öfter gehört, dass er renitent ist. Aber so?«

»Immerhin hat er uns nicht angegriffen!«

»Hätte er weitergemacht, hätte ich …«

»Er saß lange im Knast.«

»Wirklich?« Lacroix sah sie interessiert an, doch Rose antwortete nicht, weil der Kellner in Weste und Fliege gerade die Gläser vor ihnen abstellte. Sie trank einen Schluck, dann fuhr sie fort.

»Ja, er war in der Kommunistischen Partei, zu der Zeit, als Giscard hart gegen das linke Lager vorging. Er hat gegen das Kapital gehetzt und war Anführer zahlreicher Straßenschlachten, bis er zwei Jahre hinter Gitter musste. Und dann hat er sich Ende der Siebziger auch noch mit den Kommunisten überworfen, wie alle Künstler und Intellektuelle – und hatte dann gar keine

Freunde mehr. Seitdem ist er … nun ja, eine verletzte Seele.«

»Aber eine ziemlich aufmüpfige verletzte Seele.«

»Er hasst alle Institutionen, und um ehrlich zu sein, ich kann es ihm nicht verdenken. Diese Firmenbosse und ihre ach so guten Verbindungen in höchste politische Kreise – mir geht das auch auf den Wecker. Aber heute gibt es, anders als damals, keinerlei linken Aufstand, obwohl es viel dringender wäre. Doch die jungen Leute interessieren sich nur für die Marke ihrer Turnschuhe und ihres Handys. Ich kann es nicht mehr hören.«

»Ach, Rose«, sagte Lacroix sanft, »du bist doch eine echte Revolutionärin.«

»Die Jeanne d'Arc vom Montmartre nennen sie mich. Aber gut, solange sie mich nicht anzünden …«

»Ist er denn noch aktiv, unser Monsieur Foll?«

»Wenn du so fragst, denkst du wohl, dass er etwas mit dem Diebstahl zu tun hat?«

Lacroix grinste und nahm einen Schluck von dem tiefroten Wein. Der Tursan passte perfekt zum Winter. Er war tief und sanft, dabei aber voller Frucht.

»Er war zumindest nicht gut auf die Dekoration zu sprechen.«

»Sagen wir mal so: Foll ist einer von den Salonlinken, der *gauche caviar*. Er gefällt sich in seiner Rolle des Künstlers mit kommunistischem Antlitz, weil er damit bei einer Sorte Mensch besonders gut ankommt.«

»Du meinst …«

Sie nickte. »Er wohnt in einem dieser ehemaligen besetzten Häuser in Château Rouge, ein Stück den Berg runter. Es gehört der Stadt, die dort für einen Spottpreis Künstler wohnen lässt. Er hat eine sehr junge Freundin, so heißt es, und es gehen die lustigsten Revolutionäre von Paris ein und aus, trinken, kiffen, nehmen Drogen und schimpfen auf den reichen Staat und auf die Kommerzialisierung der Gesellschaft. Sie haben eine Flugblattaktion gemacht, als ein bekanntes amerikanisches Schnellrestaurant auf den Berg kommen sollte. Eine Flugblattaktion wie zu Zeiten der Résistance – kannst du dir das vorstellen? Foll ist immer vorn mit dabei, wenn es um irgendeine neue Idee des Bürgermeisters geht. Er hasst alle Veränderungen. Aber für ein paar Flugblätter oder ein Tütchen Haschisch mach ich heutzutage keine Razzia mehr. Du etwa?«

»Wir haben kein Cannabis im Fünften.«

»Bei euch gibt's nur Champagner?«

Sie mussten beide lachen.

»Los, Lacroix, nun sag schon, warum bist du hier? Du kommst doch nicht am kältesten Tag des Jahres nur wegen ein paar gestohlenen Lichterketten den Berg herauf.«

»Ehrlich gesagt: doch.«

»Aber warum?«

»Ich weiß es nicht, Rose. Es ist nur so ein Gefühl.«

Sie hob die Augenbrauen und sah ihn an, sagte aber nichts. Er hätte auch keine gute Erklärung liefern können: *Ich habe die Nachricht gelesen, und mir haben sich die Haare auf den Unterarmen aufgestellt.* Das hätte er sagen können, aber er tat es nicht.

»Ich habe mich gefragt, wer so etwas tut. Es ist doch vollkommen verrückt. Ist es ein einfacher Diebstahl? Oder ist es ideologisch aufgeladen? Ein Weihnachtshasser?«

»Und bist du jetzt schlauer?«

»Leider nicht. Was wirst du jetzt tun? Es ist dein Bezirk.«

»Ich werde Serge Foll jedenfalls keinen Besuch abstatten. Nicht wegen ein paar Lichterketten. Selbst wenn er es war, wäre es sinnlos, da hineinzugehen. Es gäbe sicherlich keine Beweise. Ich glaube kaum, dass er seinen eigenen Weihnachtsbaum damit schmücken wollte.«

»Unwahrscheinlich.«

»Wenn du sagst, dass die Sache dich stutzig gemacht hat, Lacroix, dann werde ich sie ernster nehmen, als ich es bisher getan habe. Ich werde die Anwohner befragen lassen. Der Abbau muss doch Lärm gemacht haben.«

»Das wäre gut. Rufst du mich an?«

»Das mache ich. Grüß deine Frau von mir. Und danke. Für den Wein, meine ich.«

Sie standen auf, Lacroix ließ zehn Euro auf dem Tisch liegen. Als sie hinaustraten, war es gänzlich dunkel – und doch flimmerte die Luft. Ein weißer Glitzer vor den gelben Straßenlaternen. Es schneite.

Für einen Moment schwiegen sie beide, während sie einträchtig nebeneinanderstanden und zusahen, wie die Schneeflocken die Place du Tertre in eine Winterlandschaft verwandelten.

Nach einer Minute sagte Rose: »Ich bin ja keine Romantikerin, aber das …«

»… ist wirklich ein Anblick, den wir nicht vergessen werden.«

»Bonne soirée, mon Commissaire.«

4

Er hatte wieder den *funiculaire* genommen, doch der Schneefall war mittlerweile so dicht, dass er auf der Fahrt runter zur Rue Tardieu nichts sehen konnte. Unten angekommen, zog Lacroix den Hut tief ins Gesicht und nahm den Boulevard de Rochechouart, bevor er nach links in die Rue des Martyrs abbog. Es hätte keinen Sinn ergeben, in einen Bus zu steigen. Der Verkehr war nicht nur auf den großen Boulevards, sondern auch auf den Nebenstraßen schlicht zum Erliegen gekommen.

Die Pariser besaßen keine Winterreifen. Er sah während seines zwanzigminütigen Fußweges drei Auffahrunfälle und einen Gefriertransporter, der sich auf der Rue Laffitte quer gestellt hatte. Aus einem Taxi waren nicht nur die Fahrgäste, sondern auch der Fahrer schulterzuckend ausgestiegen, um in einem nahen Café zu verschwinden. Der Wagen blieb einfach führerlos auf der einspurigen Straße im Stau stehen.

Lacroix hatte es bisher vielleicht zehnmal in seinem Leben erlebt: Schnee in Paris. Die Stadt versank dann im Chaos – aber sie war auch wunderschön.

Am Opernhaus warf er einen Blick nach Norden: Da war die Opéra Garnier mit ihren Lichtern, Säulen und Rundbögen, vor ihren breiten Fenstern tanzten die Flocken, während der Vorplatz schon weiß gepudert war. Die Touristen blieben stehen und machten Fotos, Lacroix aber ging weiter, er hatte ein Ziel. Sie hatten sich schon am Morgen verabredet. Der Commissaire war davon ausgegangen, einen ruhigen Tag zu haben, während seine Frau an einer Bürgermeistertagung im Hotel Bristol teilnehmen musste, die aber um fünf zu Ende sein sollte. Die Uhr an der Straßenecke zeigte kurz vor fünf, er würde pünktlich sein. Auch die Straßen um Madeleine waren ein einziges Gedränge und Gehupe, niemand, der auf das Auto angewiesen war, würde heute pünktlich zu Hause sein. Freudig schritt er aus, nicht mehr lange, nur noch dort vorn an der großen Markthalle vorbei in die Rue du Marché Saint-Honoré, ein kleines Stück die schmale und dicht verschneite Straße herunter bis zur ersten Ecke. Dort, hinter den Weinfässern, auf denen Aschenbecher standen, um die sich die Banker von BNP Paribas in ihren feinen Anzügen versammelt hatten, war der Ort, an dem sie sich trafen, wenn sie mal jenseits der vertrauten Pfade einen *apéro* nehmen wollten: Le Rubis, die kleine Weinbar, die es schon seit hundert Jahren gab. Genauso alt waren auch der Tresen, die rot bespannten Holzstühle, die Karten an der Wand mit ihrer geschwungenen Schrift und die Gerichte, die aus einer anderen Zeit zu stammen schienen: *andouillettes* und *rillettes*. Er trat ein, sofort schlugen ihm Wärme und intensive Gerüche entgegen. Er fühlte sich, als würde er mit einer Zeitmaschine in die Vergangenheit reisen. Ein Wunder, dass hier drinnen nicht mehr geraucht wurde. An der Decke über der Bar hingen luftgetrocknete Würste, die Wände waren mit Weinetiketten tapeziert, und es gab sogar noch eine Tür, auf der *Telephone* stand – nur das Telefon war nicht mehr da, sehr zu Lacroix' Leidwesen. Er hatte sich in seinem Quartier ein System geschaffen, um auch ohne Handy immer erreichbar zu sein. So riefen seine Mitarbeiter oder seine Frau im Chai an oder in einer der anderen Bars, die Lacroix regelmäßig frequentierte. Irgendwo fand man ihn immer. Anders ging es gar nicht mehr, seitdem die Stadt fast alle öffentlichen Telefone abgebaut hatte.

»*Zut*«, schimpfte er sich, er hatte wieder die Pfeife nicht ausgepackt, es war einfach zu nass und kalt gewesen. Er wollte wieder hinaus in den Schnee, genüsslich den Abend einläuten, doch sie war schon da, stand an der Bar, eben stellte der Wirt zwei Gläser Rotwein vor ihr ab. Lacroix besann sich und steuerte auf sie zu.

»*Chérie*«, begrüßte er sie und gab ihr einen sanften Kuss auf die Wange.

Sie strahlte ihn an und schob ihm sein Glas hin. »Ich habe uns einen Gigondas bestellt, die haben hier einen besonders feinen. Los, ich habe einen Bärenhunger. Was wollen wir essen? Ein *confit de canard*?«

»Ich hatte zum *déjeuner* Ente. Wollen wir lieber etwas Kaltes essen?«

Sie sahen sich an und lächelten, sie hatten dieselbe Idee. Er betrachtete sie und war sofort ganz ruhig und gleichzeitig voller Freude: Sie waren schon so lange verheiratet und trotzdem noch sehr glücklich miteinander. Er fand sie hinreißend – und er nahm sich vor, es ihr auch mal wieder zu sagen. In der letzten Zeit hatten sie sich wirklich zu wenig gesehen. Dominique Lacroix war die Bürgermeisterin des siebten Arrondissements auf der Südseite der Seine, ein gut situiertes Wohnviertel, in dem die Lacroix auch wohnten. Gerade vor Weihnachten hatte sie – anders als er in diesem Jahr – alle Hände voll zu tun. Deshalb kam dieses gemeinsame *dîner* gerade recht.

»Eine Platte mit *charcuterie* und die *filets de hareng, s'il vous plaît*«, bestellte Lacroix beim Wirt, der erwartungsvoll hinter dem Tresen stand.

»Sofort«, sagte der und verschwand.

»Ist es nicht kalt? Und dieser Schnee, ich finde das ja toll.«

»Wie war dein Tag, *chérie*? Die Sitzung?«

»Eine langweilige Nummer, der ich aber dank des Wetters entkommen bin.«

»Wie denn das?«

»Ich bin heute Morgen, als ich die Zeitungen gelesen habe, gleich ins Rathaus gefahren und habe mich sofort ans Telefon geklemmt, damit wir den Obdachlosen helfen. Es fahren schon Kältebusse durch die Straßen, die Suppe, Tee und warme Kleidung verteilen. Ganz besonders gefährdeten Clochards wird ein Bett für die Nacht angeboten. Ich habe auch mit der RATP gesprochen, damit die Metrobahnhöfe nachts wieder geöffnet bleiben.«

Lacroix kam nicht umhin, einmal mehr Bewunderung für seine Frau zu empfinden. Sie achtete auf all die Dinge, die den Bürgern manchmal entgingen. Auch in dem von ihr regierten Pariser Bezirk, dem siebten Arrondissement, das nach dem 16. sicher das reichste Quartier war, mit alten Bürgerhäusern, vielen Ministerien und Botschaften, gab es sehr arme und wohnungslose Menschen, die längst nicht mehr in einer Pariser Clochard-Romantik auf den Straßen hausten, weil sie das Leben unter freiem Himmel so schätzten, sondern die einfach so mittellos waren, dass ihnen nichts anderes übrig blieb.

»Und dann habe ich die Flussseite gewechselt, war eine Viertelstunde vor dir hier und konnte schon die Stimmung genießen. Draußen der Schnee, drinnen der Wein.«

Er nahm kurz ihre Hand und drückte sie.

»Wie war es bei dir? Du siehst reichlich verfroren aus, kommst du nicht aus dem Büro?«

»Nein, ich war auf dem Montmartre.«

Interessiert sah sie ihn an. Sie wusste, dass Lacroix die Quartiere *rive gauche* rund um den Boulevard Saint-Germain nur ungern verließ.

»Sicher hast du es heute Morgen auch gelesen. Die Lichterketten wurden gestohlen.«

»Was? Lichterketten?«

»Na ja, vielleicht keine gewöhnlichen Lichterketten. Jemand hat die komplette Weihnachtsbeleuchtung auf der Place du Tertre abgebaut.«

»Du machst jetzt in Sachschäden?«, neckte sie ihn mit einem Augenzwinkern, doch Lacroix sah sie ernst an.

»Irgendetwas daran gefällt mir nicht.«

Mit wenigen Worten umriss er, was er zusammen mit Rose Violet auf dem Platz erlebt hatte. Bei der Erwähnung der Commissaire veränderte sich etwas in Dominiques Blick, ohne dass Lacroix es konkret hätte benennen können.

Er beendete gerade seinen letzten Satz, als der Wirt dem Küchenfahrstuhl ein Brett und einen Teller entnahm und beides vor ihnen auf den Tresen stellte. Vorher hatte er schon ihre Gläser aufgefüllt.

»Das sieht toll aus – was für eine schöne Idee«, sagte Dominique, reichte ihrem Mann eine Gabel und schob ihm den Teller ein Stück näher, den Lacroix schon sehnsüchtig angeschaut hatte. Die *filets de hareng* waren eine Spezialität des Hauses: lauwarme gekochte Kartoffeln, dazu grüner Salat, eingelegte Karotten und Zwiebeln und obenauf drei Heringsfilets, deren Haut hell schimmerte, von der Frische und vom herben Olivenöl. Lacroix liebte dieses einfache Gericht aus dem Norden. Währenddessen nahm seine Frau von dem krossen Brot und bestrich es mit der Schweinepaté. Auf dem Brett lagen außerdem noch dünn aufgeschnittener Knochenschinken und luftgetrocknete Salami aus den Savoyen.

Für einige Minuten aßen sie schweigend, genossen die würzigen Speisen und lauschten den lauten Gesprächen um sie herum und dem Klirren der Gläser.

Draußen fielen weiter die Flocken. Zwar waren es weniger geworden, doch auf den Straßen lag bereits eine geschlossene Schneedecke.

»Ich habe darüber nachgedacht«, sagte Dominique,

als sie den ersten Hunger gestillt hatten. »Du hast recht, es ist eine merkwürdige Geschichte. Vandalismus schön und gut – aber dafür ist das alles zu glattgegangen mit dem Diebstahl. Ich hoffe natürlich, du irrst dich. Aber wann hast du dich das letzte Mal ...« Sie hielt inne, ihr Gesicht hellte sich auf. »Ich habe morgen Nachmittag meinen Kollegen aus dem 18. zu Gast im Rathaus! Wir haben eine kurze Sitzung zum Thema Klimaschutz. Du weißt, es ist Maire Dufour von den Sozialisten. Vielleicht hat er ja schon Neuigkeiten zu dem Fall.«

»Ich habe gehört, er hat überhaupt erst die Presse darauf angesetzt. Er soll außer sich gewesen sein!«

»Ich werde einfach mal nachfragen, was es Neues gibt. Er wird ohnehin darauf kommen, dass ich wegen dir frage. Er ist sehr intelligent, beinahe ...«

»Beinahe was, *chérie*?«

»Beinahe gerissen, wollte ich sagen. Er ist erst seit einem knappen Jahr auf dem Posten, ich kenne ihn also längst nicht so gut wie die meisten anderen Kollegen. Aber er erscheint mir sehr karrieristisch, als habe er ein deutlich größeres Ziel vor Augen. Er war ein hoher Offizier, weißt du? Bevor er in die Politik ging.«

»Du traust ihm nicht ...«

»Woher weißt du das? Er ist ein junger Politiker ... ach herrje, immer musst du Commissaire sein.«

Sie mussten lachen, und Lacroix griff wieder zu seiner Gabel.

»Egal, vielleicht ist es ja auch wirklich nur eine einmalige Sache, dann brauche ich mich nicht zu kümmern, und wir können das alles vergessen.«

»Vielleicht«, sagte Dominique versonnen, als wäre sie in Gedanken, »ja, vielleicht ...«

Der Baum am Berg

5

Die Hoffnung, dass es sich um einen einmaligen Zwischenfall handelte, währte nur kurz, auch wenn der Tag ausgeschlafen und heiter begann. Das Ehepaar erwachte in seiner Wohnung in der Rue Cler, durch die Fenster schien die tief stehende Sonne. Der Himmel war blau, und nur die Eisblumen an der Scheibe deuteten darauf hin, dass es ein äußerst kalter Wintertag war.

Lacroix trat ans Fenster und sah kopfschüttelnd auf die schmale Marktstraße, die unter einer dicken Schneeschicht verborgen lag. Ungeachtet dessen stellte Ivy schräg gegenüber gerade die Tulpen in großen Eimern auf die Straße, die Rosen ließ sie allerdings lieber im beheizten Laden. Der Käsehändler zog seinen Rollladen hinauf, der Fischhändler würde erst später folgen. Sicher stand er auf dem Weg vom Markt in Rungis in einem der vielen Staus, die sie im Radio erwähnt hatten.

Sie hatten die Flasche noch ausgetrunken, dann waren sie aufgebrochen und langsam nach Hause gelaufen. Es hatte zwar aufgehört zu schneien, doch ihre Schuhe hatten tiefe Spuren in der weißen Landschaft hinterlassen. Die Stadt hatte so unberührt und friedlich dagelegen, dass der Commissaire ganz gerührt gewesen war. Die Spuren der Lacroix führten durch den Jardin des Tuileries, dann hatten sie die Place de la

Concorde passiert und waren an den Quais der Seine westwärts gelaufen, bis sie über die Pont Alexandre III. gegangen waren. Auf der Brücke war der Schnee am höchsten gewesen, es gab außer ihnen beinahe keine Fußgänger. Zu ihrer Rechten hatte der Eiffelturm geleuchtet, und Dominique hatte ihren Lacroix an sich gedrückt.

Sie hatten keine Lust mehr gehabt, irgendwo einzukehren, und so hatten sie es sich daheim auf dem Sofa gemütlich gemacht. Madame Lacroix hatte noch einige Vorlagen durchgesehen, während der Commissaire in einem alten Simenon-Krimi gelesen hatte, *Maigret und die braven Leute*.

Sie waren früh zu Bett gegangen. Nun stand Madame Lacroix in bester Rathausmontur an der Tür und winkte ihm zu.

»Ich muss los, ich habe eine Sitzung. Wir sehen uns heute Abend?«

»Einen schönen Tag«, wünschte er, dann schloss sie leise die Tür, und er hörte ihre eiligen Schritte auf der hölzernen Treppe.

Lacroix kleidete sich an, dann verließ auch er die Wohnung und ging hinunter auf die Rue Cler. Es war die Stunde, in der alle Menschen aus ihren Wohnungen strömten, den Büros entgegen, und der Commissaire reihte sich ein, grüßte hier und nickte dort. Hintereinander gingen sie über den schmalen Weg, der von der Stadtreinigung freigeräumt worden war, während sich rechts und links die Schneeberge türmten.

Am Kiosk vorn an der Ecke zur Rue Saint-Dominique blieb er stehen, weil er glaubte, nicht richtig zu sehen. Doch. Das war er, auf der Titelseite von *Le Parisien*. Lacroix grüßte den Verkäufer, der sofort grinste: »Oh, Commissaire, wechseln Sie das Revier? Was machen Sie denn in Montmartre? Gut für mich, die Ausgabe geht weg wie warme Baguettes.«

Lacroix lächelte, auch wenn ihm ganz und gar nicht komisch zumute war. Er nahm eine Zeitung, legte ein paar Münzen auf den Teller und las im Gehen die Schlagzeile.

Böses Weihnachtswunder auf Montmartre – doch nun kommt Maigret

von Romy Schneider

Lacroix schnaubte. Wie konnte das sein? Schon wieder diese impertinente Journalistin. Hatten sie auf der Lauer gelegen und auf ihn gewartet? Er erinnerte sich an den Fotografen, der die Bilder gemacht hatte. Wütend las er weiter.

Eigentlich sind die Adventstage eine friedliche und besinnliche Zeit. Doch für die Bürger des Achtzehnten gab es am Donnerstagmorgen eine böse Überraschung: Über Nacht wurde die komplette Weihnachtsbeleuchtung auf der Place du Tertre abgebaut. Gestern berichteten wir darüber nur als kurze Meldung – doch die Aufregung bei den Bewohnern von Montmartre hat uns erreicht, in Form von Mails,

Anrufen, Leserbriefen. Auch der Bürgermeister des Arrondissements, Charles Dufour, hat uns persönlich empfangen und appelliert an die Diebe: »Sie machen uns Weihnachten nicht kaputt. Wir wollen unsere Weihnachtsbeleuchtung zurück!« Und er bittet um Mithilfe: »Wenn Sie, liebe Bürgerinnen und Bürger, etwas gehört oder gesehen haben, dann melden Sie sich bitte bei der Polizei oder im Rathaus.«

Nun naht Rettung – und wir durften gestern Zeuge davon werden: Commissaire Lacroix, unseren Lesern als der neue Maigret bekannt, scheint sich des bösen Weihnachtswunders anzunehmen. Jedenfalls erwischten wir ihn gestern Nachmittag am Ort des Verbrechens, als er gerade mit der zuständigen Kollegin die Maler auf der Place du Tertre befragte. Nicht zuletzt nach der spektakulären Festnahme im Fall des toten Bäckers von Saint-Germain (wir berichteten) ist klar: Die Diebe der Weihnachtslichter werden sich gut verstecken müssen. Wir bleiben an dem Fall dran.

Lacroix schlug sich die Hand vor den Kopf. Er konnte es nicht fassen. So ein Unfug. Beinahe wäre er auf der Eisfläche ausgerutscht, die sich auf einem Gullydeckel gebildet hatte, doch er konnte sich gerade noch abfangen. Gedankenversunken lief er gen Osten und merkte gar nicht, dass er schon vor dem Chai de l'Abbaye stand. Das war gut. Einen Kaffee brauchte er jetzt dringend.

»Verdammt«, murmelte er, weil er schon wieder vergessen hatte, seine Pfeife anzuzünden. Was war denn mit ihm los? Dieser Fall, der keiner war, brachte ihn völlig aus dem Konzept.

Er öffnete die Tür, und sofort schlug ihm dieser Geruch entgegen, bei dem er sich für gewöhnlich gleich heimisch fühlte. Der Duft nach warmen Croissants, nach frischem Kaffee und nach dem Putzmittel, mit dem Yvonne morgens den Laden wischte. Wieder war kein anderes Mitglied seiner Theken-Troika da. Doch gerade, als er sich an der Bar niederlassen wollte, mit einem suchenden Blick nach der Wirtin, ertönte es hinter ihm: »Commissaire, endlich, ich warte schon auf Sie!«

Lacroix schloss die Augen. Das war doch unmöglich. Er drehte sich nicht um, doch eine Sekunde später saß sie schon auf dem Barhocker neben ihm.

»Guten Morgen, Commissaire.«

»Mademoiselle Schneider.«

»Oh, schlechte Laune?«

»Ist denn Weihnachten derart Saure-Gurken-Zeit, dass Sie die ganze Titelseite für so einen Unsinn verschwenden?«

Romy Schneider, die erst seit einigen Monaten als Polizeireporterin beim *Parisien* arbeitete, Lacroix aber von Anfang an gehörig auf die Nerven gegangen war, sah ihn überrascht an.

»Ach, Sie haben es noch gar nicht gehört?«

Er wandte ihr den Kopf zu, etwas in ihrem Ton alarmierte ihn.

»Was soll ich gehört haben?«

»Na, Unsinn wäre es ja wohl nur, wenn es bei der

Sache mit den Lichterketten geblieben wäre. Doch heute Nacht ist wieder etwas passiert.«

»Mademoiselle Schneider, ich habe ohnehin schon wahnsinnig schlechte Laune«, sagte Lacroix unwirsch und sah sich suchend nach Yvonne um, die immer noch im hinteren Teil des Bistros die Frühstücksgäste bewirtete. Er brauchte dringend einen Kaffee. »Sagen Sie mir einfach, was passiert ist.«

Die junge Frau wollte gerade ansetzen, als endlich Yvonne Abeille neben ihn trat und Lacroix begrüßte.

»Mon Commissaire«, sagte sie und drückte ihm die *bises* auf die Wange. »Da bist du ja endlich. Die junge Frau tippelt seit einer Stunde von einem Fuß auf den anderen, weil sie auf dich wartet. Kaffee?«

»Bitte.«

Yvonne ging an die Kaffeemaschine, doch Lacroix hätte wetten können, dass sie die Ohren spitzte, weil sie unbedingt wissen wollte, was vor sich ging.

»Es ist nicht zu fassen. Ich wollte ja eigentlich gar nichts über den Lichterkettendiebstahl schreiben, Commissaire, weil ich dachte, das sei keine große Sache. Aber Dufour, der Bürgermeister, hat beim Chefredakteur angerufen und getobt, dass man darüber doch berichten müsse. Also habe ich den Artikel geschrieben – es kann ja nicht schaden, sich mit dem Mann gut zu stellen. Er ist die große Hoffnung der Stadt. Ich habe mir nichts weiter dabei gedacht, doch heute Morgen klingelte ganz früh mein Telefon, und unser Lokalreporter aus dem Achtzehnten war dran. Sie werden es nicht glauben: Der Weihnachtsbaum auf der Place

Saint-Pierre wurde gefällt, Sie wissen schon, die große Nordmanntanne unterhalb von Sacré-Cœur.«

»Er wurde gefällt? Was soll das heißen?«

»Abgesägt, jemand hat ihn abgesägt.«

»Heute Nacht?«

»Ja! Unsere Stadt ist derart im Weihnachtstaumel, ich glaube, so langsam wird das eine große Geschichte. Was denken Sie, Maigret?«

Yvonne stellte den Kaffee vor ihn und ignorierte die Journalistin komplett.

»Sie sollen mich nicht so nennen, Mademoiselle Schneider. Haben Sie verstanden?«

Die junge Frau sah ihn erwartungsvoll an. »Und? Fahren wir hoch?«

Lacroix glaubte sich verhört zu haben. »Wir? Wir fahren nirgendwohin. Sie können hochfahren. Aber ich bleibe hier und kümmere mich um mein Revier.«

»Lacroix, bitte! Ich sehe doch das Glänzen in Ihren Augen. Wenn der Fall Sie nicht interessieren würde, wären Sie gar nicht erst hingefahren. Und jetzt, wo noch etwas passiert ist, werden Sie sich die Sache erst recht genauer ansehen. Also: Mein Auto steht vor der Tür. Kommen Sie, ich nehme Sie mit.«

Der Commissaire rang mit sich. Auf der einen Seite wollte er sich nicht von einer Journalistin durch die Stadt chauffieren lassen, die eine unglaubliche Nervensäge war und sich offenbar vorgenommen hatte, ihn in ihren Artikeln zu einer Legende zu machen, was ihm das Leben erschwerte, ihr aber eine höhere Auflage sicherte. Auf der anderen Seite hatte sie einen wirklich sicheren Instinkt – und sie war ein echter Terrier, wenn es darum ging, sich in einer Geschichte festzubeißen. Im Fall des toten Bäckers von Saint-Germain hatte sie sogar entscheidende Tipps gegeben, dank derer er den Täter hatte überführen können. Er überwand sich und nickte.

»Gut, warten Sie bitte draußen. Ich komme gleich, und dann fahren wir.«

Sie schlug kurz auf die Theke, eine Übersprungshandlung. Er sah den Triumph in ihren Augen, offensichtlich hatte sie nicht mit einer Zusage gerechnet. Sie ließ ihn allein. Als er hörte, wie die Tür ins Schloss fiel, lehnte Lacroix sich auf dem Barhocker zurück und griff nach der Kaffeetasse, der *café serré* war schwarz und stark, wie er ihn mochte, er belebte ihn augenblicklich.

»Na, das kann ja was werden …«, murmelte er.

»Was sagst du?« Yvonne stand dicht neben ihm.

»Dass das heute ein spannender Tag werden könnte.« Er beugte sich zu Idefix, der sich zu seinen Füßen niedergelassen hatte, tätschelte ihm den Kopf, nahm Mantel und Hut und ging raus in die Kälte.

6

Bis zur Bastille war die Fahrt in dem kleinen Renault Clio, auf dessen Türen in Weiß auf blauem Grund *Le Parisien* stand, ereignislos. Romy Schneider war wortlos den Boulevard entlanggefahren, hatte dann den Pont de Sully genommen, wo Lacroix' Blick wie stets auf die Türme von Notre-Dame gefallen war und auf das Gerippe, das oben aus dem abgebrannten Dach herausragte. Sein Magen krampfte sich bei diesem Anblick jedes Mal zusammen. Doch als der Obelisk näher kam, wurde der Verkehr immer dichter, und irgendwann waren da nur noch Bremslichter. Es hatte in diesen Minuten wieder zu schneien begonnen, und offenbar hatte sich auf dem Boulevard Beaumarchais ein Auto quer gestellt. Es ging nicht mehr vorwärts, und wenden konnten sie auf der Einbahnstraße auch nicht.

Sie saßen fest. Lacroix seufzte. Auch das noch.

»Was hat Sie gestern nach dort oben getrieben?«, fragte die Journalistin.

»Ich fahre mit Ihnen, aber ich gebe Ihnen kein Interview.«

»Ach, Commissaire.«

Ohne ein weiteres Wort öffnete Lacroix die Tür und stieg aus. Romy Schneiders wütende Rufe ignorierte er. Er spürte, wie seine Lederschuhe in die dichte Schneedecke auf dem Bürgersteig griffen, und ging zurück zur Place de la Bastille. Am Taxistand ging er an der Schlange mit den wartenden Autos entlang und besah sich die Wagen. Ins dritte Auto stieg er ein. Der Fahrer schaute überrascht von seiner Zeitung auf.

»Monsieur?«

»Sie haben Winterreifen. Als Einziger hier.«

Der junge Mann grinste.

»Fahren Sie mich bitte zur Place Saint-Pierre. Es eilt.«

Der Mann ließ die Zeitung sinken, nicht ohne noch mal auf das Foto auf der Titelseite zu schauen und wissend zu nicken.

»Auf geht die wilde Fahrt«, sagte er, trat aufs Gaspedal, und das Auto machte einen Satz nach vorn. Er umkurvte den Kreisverkehr und bog dann auf den Boulevard Richard-Lenoir ein, wo der Verkehr noch rollte.

»Ich kenne gute Schleichwege, das wird funktionieren.«

»*Merci*, Monsieur.«

Der Mann durchkurvte die kleinsten Straßen im Bastille-Viertel, er war wirklich ein guter Fahrer. Nicht ganz so rabiat wie Lacroix' Kollegin Rio, dafür kannte er jede Abkürzung. Nach nicht einmal zwanzig Minuten bremste er.

»Weiter geht's nicht, Commissaire. Dort vorn steht ein Müllwagen quer. Können Sie das letzte Stück zu Fuß gehen?«

»Natürlich.« Lacroix zahlte, stieg aus und stand auf der Rue des Abbesses. Er musste lächeln, weil er diesen Ort so mochte. Eine Marktstraße wie die Rue Cler, in der er wohnte, nur dass hier an Werktagen Autos fahren durften, während in seiner Straße der Autoverkehr gänzlich verboten war. Doch auch hier standen die alten Haussmann'schen Gebäude mit höchstens vier Etagen, mit Sprossenfenstern und schmiedeeisernen Balkonen. Auf der rechten Seite reihte sich Café an Bistro, alle waren gut besucht, an den Fenstern war jedenfalls kein Platz mehr zu bekommen. Vor dem Café Le Sancerre standen Männer in Anzügen und rauchten. Sie sahen aus, als kämen sie von einer Beisetzung.

Auf der linken Straßenseite hätte man meinen können, im Paris vor hundert Jahren zu sein. Es war eine komplett erhaltene Marktstraße, wo der Fischhändler neben dem Obsthändler neben dem Käsehändler lag, und sie alle standen draußen, richteten ihre Waren an. Der Mann mit der dicken Fischerschürze schichtete neues Eis auf seine Austern, auch wenn das bei den Temperaturen sicher nicht notwendig war. Es war ein vollkommener, ein friedlicher Ort, besonders jetzt mit der dichten Schneedecke. Lacroix riss sich von dem Anblick los und ging an dem Müllwagen vorbei, der tatsächlich nicht mehr vorwärtskam. Der Fahrer diskutierte mit einem Autofahrer, der hinter ihm stand, doch die Mienen beider Männer ließen darauf schließen, dass sie sich schon mit ihrem Schicksal arrangiert hatten. Sicher würden sie gleich ins nächste Café gehen, ein Bier trinken und zusammen auf den Abschleppdienst warten.

Lacroix ging an der Boulangerie Moeller vorbei, vor der die Pariser wie üblich Schlange standen. Als einziger Bäcker hatte er zweimal die Auszeichnung des besten Baguettes der Stadt gewonnen. Auch hier hatte Lacroix im Fall des unglückseligen Bäckers Lefèvre ermittelt. Links führten die Treppenstufen hinauf ins Zentrum von Montmartre, doch Lacroix ging noch ein paar Schritte durch den dichter werdenden Schneefall die Rue Yvonne le Tac entlang, passierte den unteren Bahnhof der Zahnradbahn, und schon wenig später stand er auf dem großen Platz mit dem Karussell und diesem atemberaubenden Blick hinauf auf die weiße Kirche. In der Mitte des Platzes aber, und er erinnerte sich jetzt an die Lichterpracht, die er gestern gesehen, auf die er aber gar nicht geachtet hatte, stand nun kein Baum mehr. Diese riesige Nordmanntanne von sicher zwanzig Metern Höhe lag auf der Seite, einmal quer über den ganzen Platz, ein umgeschlagenes Mahnmal, das nun ganz und gar nicht mehr festlich aussah. Durch den Sturz war auch das riesige Kreuz abgerissen, das oben am Baum befestigt gewesen war. Daneben – und sie erkannten sich sofort – stand Rose Violet, neben ihr zwei Uniformierte, die ratlos die Arme hängen ließen. Lacroix ging auf die Gruppe zu, doch Rose kam ihm schon entgegen, ihr Gesicht war nicht mehr so freundlich wie gestern.

»Lacroix, ernsthaft«, sagte sie, als sie vor ihm stand, klein, aber resolut. Es sah aus, als würde sie gleich mit dem Fuß aufstampfen. »Was soll das? Was willst du hier? Ich habe langsam das Gefühl, immer wenn du einen Fuß in ein Quartier setzt, passiert dort etwas.«

Sie schnäuzte sich mit einem Stofftaschentuch. »Wie hast du überhaupt so schnell davon erfahren? Ich wurde selbst eben erst informiert, weil ich vorher beim Arzt war, ich habe mir gestern kalte Füße geholt.« Sie schnäuzte sich erneut, diesmal geräuschvoller. Ihre Nase war rot und ihre Augen glasig. Sicher hatte sie Fieber und sollte besser das Bett hüten. »Also: Woher weißt du davon?«

»Das ist eine längere Geschichte«, sagte Lacroix und bemühte sich, beiläufig zu klingen. »Nur so viel: Wir haben vielleicht noch zehn Minuten *entre nous*, bevor die Presse hier ist. Also sag mir, was passiert ist.«

Sie ließ nun ihrerseits die Arme hängen und machte mit dem Kopf eine Bewegung, hin zu dem grünen Koloss, der quer über dem Platz lag.

»Da siehst du es doch, Lacroix. Für die einen ist es ein umgeschlagener Baum und damit nicht der Rede wert, für die anderen ein Symbol des untergehenden Weihnachtsfestes – und ein Symbol für die Krise der Kirche. *Une catastrophe.*«

»Darf ich es mir ansehen?«

»Na gut, komm«, sagte sie, immer noch eine Spur widerwillig. »Was meintest du mit der Presse? Die Schmierfinken fehlen mir gerade noch. Ich habe heute Morgen den Artikel im *Parisien* gelesen. Du siehst natürlich gut aus auf dem Foto, ich dagegen sehe aus wie das Leiden Christi.«

Lacroix dachte, dass es besser wäre, diesen Teil der Geschichte zu umschiffen. Er hatte nicht mal auf das Foto geachtet. »Die Reporterin hat Druck aus dem

Rathaus bekommen und deswegen den Artikel geschrieben. So weit, so gut. Nicht gut ist hingegen, dass die Geschichte heute eine Fortsetzung erfährt.«

»Und zwar eine deutlich symbolischere«, sagte Rose, als sie vor dem Baum zum Stehen kamen. Ja, sicher war er mehr als zwanzig Meter hoch gewesen, nun lag er vor ihnen, Tausende Nadeln hatten sich durch den Sturz gelöst und bedeckten den Schnee wie ein grüner Teppich. Daneben all die zerschlagenen bunten Kugeln, die großen Leuchtsterne, die Rentiere, die im Matsch lagen.

Lacroix schüttelte den Kopf und folgte Rose von der Spitze zu dem dicker werdenden Ende.

»Hier, siehst du?«

»Das ist ... ungewöhnlich.«

Lacroix betrachtete den Stamm, der fast einen halben Meter dick war und übersät von Kerben und Einschlägen.

»Sie hätten den Baum einfach umstürzen können, samt Ständer. Er ist nicht einbetoniert, sondern nur aufgestellt und befestigt. Das wäre viel einfacher gewesen. Stattdessen haben sie ihn umgehauen. Mit einer Axt.«

Lacroix betrachtete die Kerbe. »Das muss doch einen Heidenlärm gemacht haben.«

»Wir befragen gerade die Anwohner. Bisher hat sich kein Zeuge gemeldet.«

»Gibt es schon eine Tatzeit?«

»Nichts, meine Kollegen sind eben erst ausgeschwärmt. Und weil du mich sicherlich gleich danach fragen wirst: Es gibt eine Kamera, aber die ist nur auf die Bodenstation des *funiculaire* ausgerichtet.«

»Kontrolliert ihr die Aufnahmen trotzdem?«

Sie stemmte die Hände in die Hüften. »Ich bin keine Amateurin, Lacroix. Natürlich tun wir das. Aber die Täter wären Amateure, wenn sie ausgerechnet in die einzige Kamera gelaufen wären, die es auf dem heiligen Berg gibt.«

Er sah den Wagen des *Parisien* aus dem Augenwinkel, Romy Schneider musste es irgendwie an dem Müllwagen vorbeigeschafft haben. Sie stieg aus und winkte ihm zu, ein leichtes Lächeln umspielte ihre Lippen. Dann hob sie einen Daumen, als erkenne sie seine Finte an. Sie bewies Größe in der Niederlage, Lacroix kam nicht umhin, leichte Sympathie für die Journalistin zu empfinden. Dann aber griff sie sofort nach ihrem Telefon und schoss Fotos von der Szenerie.

»Oh, ist das die Reporterin, die du offensichtlich so gut kennst?«, fragte Rose. Sie wollte eben wieder ansetzen, doch dann hob sie die Hand, schniefte, und auf einmal wurde sie von einem heftigen Niesanfall geschüttelt. Anschließend tränten ihre Augen. »Ach, Lacroix, dass du mich so sehen musst.«

»Liebe Rose, du gehörst ins Bett.«

»Und wer soll diesen großen Fall übernehmen? Ein paar Lichterketten und ein Baum – das ist doch ein Fall für den Staatsschutz.« In ihrer Stimme lag der blanke Hohn.

»Wirklich, ruh dich aus. Ich kann die Befragungen übernehmen.«

»Ich hasse es, das zuzugeben, aber ich fühle mich wirklich schlecht.« Sie rang mit sich, dann entschied sie. »Okay, Lacroix, wir machen es so. Ich schmeiße mir jetzt zwei Tabletten ein und gehe nach Hause. Heute Nachmittag erzählst du mir, was du herausgefunden hast. Ich gehe nicht mehr ins Büro, weil wahrscheinlich der Bürgermeister schon wieder angerufen hat.«

»So machen wir es.«

»Lacroix?« Sie blickte ihn ernst an. »Keine Alleingänge! Nicht, dass du mir all meine ungeklärten Mordfälle löst.«

»Wie viele hast du denn?«

»Ich mache keine Witze, Lacroix.«

»Einverstanden«, sagte er.

»Du kannst gern noch mal den bockigen Maler befragen. Vielleicht haben wir ihn gestern so verärgert, dass er heute Nacht ausgerastet ist.«

»Mach ich, Rose. Und nun schlaf dich aus. Gute Besserung!«

Sie ging in Richtung des *funiculaire* davon. Er wusste, dass sie irgendwo in der Rue Lepic wohnte. Er sah ihr nachdenklich hinterher, betrachtete wieder den Baum und ließ dann seinen Blick schweifen. Romy Schneider stand hinter der Polizeiabsperrung und versuchte, seine Aufmerksamkeit auf sich zu ziehen, doch er ignorierte sie geflissentlich. Stattdessen nahm er die Fenster der Häuser auf der anderen Seite des Platzes in den Blick. Er sah den Polizisten sofort, der mit hochrotem Kopf aus einem der Gebäude kam und auf ihn zuhetzte. Außer Atem kam er vor Lacroix zum Stehen.

»Wo ist Commissaire Violet?«

»Sie fühlte sich nicht wohl. Sie hat mir die Vertretung übertragen. Haben Sie etwas herausgefunden?«

»Es gibt eine Zeugin.« Er wies über die Straße auf das Haus, das er eben verlassen hatte.

Lacroix ging voran, er fragte sich langsam selbst, was er hier tat, warum er mal wieder seiner Intuition gefolgt war – es waren ein paar Lichterketten und ein Weihnachtsbaum, herrje.

Der Polizist bemühte sich, mit ihm Schritt zu halten.

»3363B«, sagte er, und Lacroix gab den Türcode ein. Das Portal surrte auf, und er stand in einem typischen Hausflur dieser Gegend: Dunkel war es, und es roch nach Hefe und Zimt und ein wenig Schimmel.

»Welche Etage?«

»Die dritte.«

Sie stapften zusammen die Treppen hinauf, dabei trat der Commissaire jedes Mal besonders heftig auf, um den Schnee von seinen Schuhen loszuwerden.

Vor der mittleren Tür blieben sie stehen, und der Polizist klopfte leise und vorsichtig, als wäre er sich sicher, dass er störte. Drinnen war es erst sekundenlang still, dann klang es, als ob das Zimmer auseinandergenommen würde, es ächzte und krachte, und dann hörte Lacroix schlurfende Schritte. Es dauerte eine Ewigkeit, bis sich die Tür mit einem Knarzen öffnete. Der Commissaire musste den Blick senken, so klein war die alte Dame. Ihr Gesicht trug Spuren eines langen Lebens, Falten und Krater von Lachen und Weinen, die grauen Haare zu Dauerwellen gelegt, und die kleinen grauen Augen blickten erwartungsfroh und listig.

»Bitte, treten Sie ein. Kommt gar nicht Commissaire Violet? Bitte, kommen Sie doch.«

Er folgte ihr, sie drehte sich kopfschüttelnd um.

»Mademoiselle«, sagte sie lächelnd, »ich habe nie geheiratet, wissen Sie? Der Richtige war einfach nie dabei. Mademoiselle Troitteau. Rosalie Troitteau.«

»Mademoiselle Troitteau«, murmelte Lacroix. Das konnte ja heiter werden. Ohne den anderen Polizisten zu beachten, führte sie ihn schlurfend in die Wohnstube, ein Konglomerat aus alten Eichenmöbeln und einer beeindruckenden Anzahl von Stehlampen mit plüschigen Überzügen. Staub flog durch die Luft.

Mademoiselle Troitteau ließ sich vor dem Fenster in einem gewaltigen Ohrensessel nieder, drohte darin zu versinken und hob dann die Beine, um sie auf einem Hocker abzulegen. Als sie saß, blickte sie ihn prüfend an, dann hellte sich ihr Blick auf.

»Verzeihen Sie, dass es so lange gedauert hat, aber nun ... Hach, wenn ich Agnès erzähle – meiner Nachbarin, wissen Sie? –, dass Commissaire Lacroix in meiner bescheidenen Behausung zu Gast war ... Das glaubt sie mir nie!«

»Ich bitte Sie, Mademoiselle ...«

»Nein, Commissaire, ich bitte Sie, ich verfolge Ihre Ermittlungserfolge schon so lange. Ich lese immer den *Parisien*, auch wenn meine Augen nicht mehr sehr gut sind und ich inzwischen eine Lupe benötige. Aber es steht beinahe täglich etwas über Sie drin.«

Ein zweifelhafter Ruhm, dachte Lacroix, doch er sagte nichts und lächelte stattdessen freundlich.

»Wie geht es Ihrer Frau? Sie ist sehr erfolgreich da unten im edlen Siebten. Aber sie ist ja auch eine gestandene Politikerin, nicht so ein Jungspund wie unser Bürgermeister …« Sie rümpfte die Nase. Nach allem, was Lacroix wusste, war auch Dufour, der *maire* des Achtzehnten, weit über vierzig.

»Mademoiselle, ich vertrete Commissaire Violet in dieser Sache. Deshalb: Darf ich Sie fragen, was Sie letzte Nacht beobachtet haben?«

»Sehen Sie, Commissaire«, begann sie und wies um sich. »So sitze ich hier jede Nacht. Ich gehe erst gegen zwei oder drei ins Bett, vorher finde ich keine Ruhe. Und bis dahin verbringe ich die Stunden hier in diesem Sessel, lausche dem Programm von *France Culture* und stehe ab und zu auf und blicke aus dem Fenster.«

»So auch in der vergangenen Nacht? Haben Sie etwas gesehen?«

»Es ist so aufregend, wie Sie das fragen. Jetzt verstehe ich, wie Sie das machen mit Ihren Verdächtigen, diese berühmten Lacroix-Verhöre, meine ich.« Ihre kleinen Hände mit den goldenen Ringen klopften leise auf die Armlehnen des Sessels.

»Was haben Sie gesehen, Mademoiselle?«

»Zuerst habe ich etwas gehört, Commissaire. Ehrlich gesagt sind meine Ohren nicht mehr die besten, aber dieses Ratschen, das habe ich gehört. Es war ein Sägen, da bin ich aber natürlich nicht gleich drauf gekommen, wann wird in Paris schon mal gesägt? Aber dann bin ich aufgestanden und habe nachgesehen.« Sie senkte die Stimme, um ihrer Aussage mehr Dramatik zu verleihen.

»Und dann?« Lacroix hoffte, dass er nicht zu genervt klang.

»Nun, ich bin also zum Fenster getreten, und da waren Schatten, und dann gab es ein lautes Krachen. Das war der Moment, in dem der Stamm brach. Und dann lag der Baum quer über der Straße.«

»Und die Schatten?«

»Die rannten von dannen.«

»Haben Sie jemanden erkannt?«

»Nein, ich bin mir aber ganz sicher, dass es zwei Leute waren, junge Leute, denke ich, so schnell, wie sie rannten.«

»In welche Richtung rannten sie denn?«

»Hinunter in Richtung Pigalle. Da bin ich mir ganz sicher.«

»Aber Gesichter haben Sie nicht erkennen können?«

»Ich bin untröstlich, aber: Nein, dafür war es wirklich zu dunkel. Sie können sich nicht ausmalen, wie gern ich Ihnen geholfen hätte.«

»Ob Sie es glauben oder nicht, Mademoiselle, Sie haben mir schon sehr geholfen. Haben Sie vielen Dank!«

»Sehr gern, Commissaire. Darf ich Ihnen noch etwas anbieten? Einen Tee? Es ist doch sehr kalt draußen. Ich bin froh, dass ich in meinem Alter nicht mehr auf die Straße muss. Ich bekomme alles nach Hause geliefert, Monsieur, wissen Sie?«

»Ich bedaure, Mademoiselle, aber ich werde Commissaire Violet gleich berichten, was Sie mir erzählt haben, damit wir die Ermittlungen vorantreiben können.«

»Natürlich, das verstehe ich. Es hätte mich nur so gefreut, mit Ihnen zu plaudern, Sie haben so viel erlebt …«

Als er nach weiteren zehn Minuten der Lobhudelei die Tür hinter sich zuzog, blieb ein dumpfes Gefühl in seinem Kopf, das auch nicht vergehen wollte, nachdem er die Treppe hinuntergestapft war und wieder im Schnee stand: Jedes Mal aufs Neue rührte es ihn und machte ihn gleichzeitig traurig: die Alten und Einsamen der Stadt. Paris konnte auf der einen Seite so kommunikativ und laut sein – und auf der anderen Seite gab es so viele verschlossene Türen, hinter denen vollkommene Stille herrschte. Er verscheuchte den Gedanken, dass er ja gar nicht so viel jünger war als Mademoiselle Troitteau. Doch wenn er nach Hause kam, wartete da Madame Lacroix – und er betete, dass das noch sehr lange so bleiben würde, wenn möglich für immer.

7

Es schien, als sei die Schneedecke hier oben auf dem heiligen Berg besonders unberührt. Lacroix war die Treppenstufen zur Kirche hinaufgestiegen, und es war ihm, als stünde er vor einem weißen Teppich, der sich über die ganze Ebene erstreckte. Nur wenige Touristen waren heute Morgen heraufgekommen, es war einfach zu kalt. An der Ecke zur Place du Tertre stand wieder die lächerliche Kutsche, der Kutscher war abgestiegen und rauchte, während das Pferd aus einem Eimer fraß und dabei weiße Wolken ausstieß.

Die weiße Kirche war durch den Nebel kaum zu erkennen. Lacroix öffnete die Tür, und sofort umfingen ihn die Dunkelheit, die Wärme und die Geborgenheit dieses Ortes. Sacré-Cœur. In Stein gehauene Gläubigkeit. Er konnte es nicht beschreiben, aber jedes Mal, wenn er diesen riesigen Raum betrat, fühlte er sich, als könne er schweben.

Die Kerzen spiegelten sich in dem weißen Kalkstein, dem Travertin, aus dem die Kirche erbaut war. Jahrzehntelang hatten Pariser Gelehrte über den Baustil von Sacré-Cœur gelästert, hatten über die Steine aus Château-Landon gemosert, dem Ort an der Seine, wo sie einst abgebaut worden waren. Lacroix verstand nichts davon, er wusste nur, wie er sich fühlte, wenn er sich wie jetzt in eine der vorderen Bankreihen setzte.

Der Blick nach oben in die riesige runde Kuppel, der Gottessohn, der die Arme aufspannte, als wollte er die ganze Welt umarmen. Die Monstranz in dem goldenen Kreuz auf dem Altar, die schlichten Stühle für die Nonnen, die später beim Abendgottesdienst singen würden. Anders als unten in Notre-Dame, vor dem Brand natürlich, riefen hier Wächter die Touristen zur Ordnung. Wer fotografierte, wurde gebeten, das zu unterlassen. Ein Umstand, den der Commissaire sehr begrüßte.

Nur wenig Tageslicht drang durch die bunten Fensterbilder in den Raum und warf glänzende Umrisse auf den Boden. Lacroix genoss für einen Moment den Geruch des Weihrauchs, der noch vom letzten Gottesdienst in der Luft hing. Es war ein Duft, den er mit Weihnachten verband. Wie in den letzten Jahren auch verspürte er eine gewisse Wehmut, weil die Adventszeit vergangen war wie im Fluge, ohne dass er eine besondere Stimmung in sich gefühlt hatte. Diese Feierlichkeit jener Tage, die sich als Kind immer schon Wochen vorher eingestellt hatte, dann aber Jahr für Jahr mehr verflogen war. Für Dominique waren die Wochen vor Weihnachten unglaublich arbeitsintensiv, weil sich das Rathaus besonders um die Händler des Quartiers und um die Budgetplanung fürs nächste Jahr kümmern musste. Und auch er hatte eigentlich immer viel zu tun, nur dieses Jahr war alles anders. Und dann waren sie bald erreicht, die Festtage – und sie würden sich Besinnlichkeit verordnen, tags darauf aber alles schon wieder in der Vergangenheit betrachten. Herrje, schalt er sich, jetzt wurde er schon wieder missmutig.

Er hörte ein Rumpeln und Kratzen und stand auf, um zu gehen. Erst jetzt bemerkte er die Männer, die Stühle aus einem Nebenraum trugen und hinter den Kirchenbänken aufreihten. Lacroix erinnerte sich, dass am nächsten Tag der Gottesdienst mit der Nonne aus Afrika stattfinden sollte, die sich in Kirchenkreisen den Ruf einer modernen Mutter Teresa erarbeitet hatte. Deshalb wurde die Platzkapazität erhöht, vermutete er.

Er ging an den Arbeitern vorbei und trat in die Kälte. Er wollte zu einem späten *déjeuner* wieder unten im Chai sein, entschied sich aber doch für einen kleinen Umweg und ging auf der anderen, der östlichen Seite den Berg hinunter. Hier waren die langen engen Fußgängertreppen, jene aus den alten Filmen, die bis hinunter nach La Chapelle und Château d'Eau führten. Dorthin, wo die Stadt ein ganz anderes Antlitz hatte, wo sie bunter und lauter war. Zuerst aber standen hier die großen spitzen Bürgerhäuser mit ihren ausladenden Salons, den Kronleuchtern, dem unverbauten Blick über die Stadt. Unvorstellbar, dass der Montmartre vor hundert Jahren noch ein Dorf gewesen war, ein kleines grünes Dorf auf dem Berg. Heute gehörte die Wohnlage zu den besten Adressen in Paris.

Er ging die Rue de Clignancourt entlang und blieb vor dem einzigen modernen Gebäude stehen, das es hier gab. Es war funktional, die verspiegelten Scheiben eines Rundbaus neben einer steilen Wand aus Beton, und doch war es um Längen weniger scheußlich als das Kommissariat des fünften und sechsten Arrondissements unten in der Rue de la Montagne Sainte-

Geneviève, das Lacroix leitete. Er ging an den Wachen vorbei, die salutierten, und stieg die Treppen empor, wie er es zuletzt vor einigen Jahren getan hatte, als Rose und er gemeinsam ermittelt hatten.

Sein Instinkt hatte ihn nicht getrogen: Natürlich war sie nicht zu Hause, sondern saß an ihrem Schreibtisch und schnäuzte sich soeben geräuschvoll die schon sehr rote Nase.

»Commissaire Lacroix«, sagte sie und knüllte das Taschentuch zusammen, bevor sie es in ihren Papierkorb warf. »Mein teurer Ermittler.«

»Du gehörst ins Bett, meine Beste.«

»Meine Wohnung ist noch kleiner als mein Büro. Da sitze ich lieber hier und stecke die Kollegen an. Also, sag schon, was haben deine Recherchen ergeben? Hat der Weihnachtsmann die Schnauze voll von all dem Tinnef und den Baum abgesägt?«

Lacroix setzte sich ihr gegenüber auf den Stuhl, der sonst Zeugen und Verdächtigen vorbehalten war. Rose mochte es, mitten im Großraumbüro zu sitzen, so konnte sie ihre Untergebenen besser zusammenstauchen. Lacroix dagegen zog es vor, sich hinter seine Glaswand zurückzuziehen, zu grübeln und die Fotos zu studieren, die Rio bei jedem neuen Fall aufhängte. Er musste all diejenigen, die an einem Fall beteiligt waren, vor sich sehen.

»Dein Kollege hat wirklich eine Zeugin aufgetan, in dem Haus gegenüber der Place. Eine alte Dame, die zwei Menschen hat weglaufen sehen.«

»Glaubwürdig?«

»Warum sollte sie lügen?«

Rose zuckte mit den Achseln.

»Auf dem Weg hierher habe ich einen Umweg über die Place du Tertre gemacht. Und jetzt rate mal, wer so kurz vor Weihnachten nicht auf seinem Platz saß, obwohl er sonst doch immer da ist?«

»Ich habe eine leise Vermutung.«

»Richtig: Serge Foll, der renitente Maler. Gestern hat er gewütet. Gegen die Lichterketten – und gegen den Baum.«

»Hmm«, sagte sie und lehnte sich zurück, während sie in ihrer Tasche nach einem neuen Taschentuch suchte. »Du würdest ihm zutrauen, dass er den Weihnachtsbaum umgesägt hat?«

»Es würde zu dem passen, was er predigt – und was er hasst. Der Mann, der allem Kitsch und allem Kommerz den Kampf angesagt hat. Andererseits sind die, die wegen des Baumes kommen, am Ende seine Kunden. Es ist merkwürdig, es passt nicht recht zusammen.«

»Weißt du … Wenn du nicht hergekommen wärst, würde ich vermutlich so tun, als hätte ich Scheuklappen auf. Ich würde mit meiner triefenden Nase im Büro bleiben und Lichterketten und Baum links liegen lassen.«

Lacroix blickte einen Moment versonnen aus dem Fenster. »Wahrscheinlich hast du recht, Rose.«

»Los, ab mit dir in dein Edelquartier. Meine Leute ermitteln hier weiter. Ich melde mich, sobald es etwas Neues gibt.«

»So machen wir es.«

»Bonne journée, Commissaire.«

»Dir auch, Rose.« Er stand auf und war schon fast aus der Tür.

»Und, Lacroix?«

Er drehte sich um. »Ja?«

»Nicht auf eigene Faust.«

»Das hast du schon gesagt.« Er musste schmunzeln.

»Im Ernst, Lacroix.« Ihr war nicht nach Scherzen zumute. »Das hier ist mein Revier, und ich halte es seit mehr als dreißig Jahren sauber. Ich brauche kein Kindermädchen, verstanden? Dann fangen meine Jungs an, auf mich herabzusehen, und das kann ich wirklich nicht gebrauchen.«

8

Er hatte am Nachmittag nach einem langen Fußmarsch vom Berg hinunter eine wärmende *chou farci* gegessen, die Kohlroulade war nirgendwo so gut wie im Chai. Yvonnes Mann mischte lockeres Fleischbrät mit angebratenem Wirsing und ließ alles im Ofen garziehen. Dazu gab es eine leichte Tomatensoße mit Karotten und das krosse Brot von der Bäckerei Poîlane mit etwas *Moutarde de Dijon*. Das war sein absolutes Leibgericht.

Während einer ausgiebigen Zeitungslektüre stellte er fest, dass in seiner Stadt nichts, aber auch absolut gar nichts los war, und wollte sich gerade auf den Weg ins Kommissariat machen, als Yvonne ihm den Telefonhörer reichte. Am anderen Ende meldete sich Véronique, die Assistentin seiner Frau. Die Bürgermeisterin erwarte ihn am frühen Abend gemeinsam mit Charles Dufour auf dem Weihnachtsmarkt auf den Champs-Élysées.

Das konnte ja heiter werden, dachte Lacroix und machte sich auf, die paar Hundert Meter gen Osten zum Kommissariat, dieser Trutzburg aus den Sechzigern, einem Betonkoloss, beschützt von hohen Zäunen und bewaffneten Polizisten.

Adolphu Paganelli, sein korsischer Mitarbeiter, hatte schon vor einer Stunde Feierabend gemacht. Überstunden abbummeln, erklärte ihm Jade Rio, seine Assistentin. Morgen würde er ohnehin nach Korsika abreisen, Weihnachtsferien bei der Familie. Lacroix fand es fast ein wenig schade. Er mochte Paganelli sehr, auch wenn der ihn manches Mal zur Weißglut trieb – schließlich war es der Korse gewesen, der begonnen hatte, Lacroix wegen Hut und Pfeife ständig Maigret zu nennen. Den Spitznamen hatten – sehr zu Lacroix' Leidwesen – nicht nur fast sämtliche Polizisten der Hauptstadt übernommen, auch die Presse, allen voran Romy Schneider, nannte ihn nur noch so. Und dennoch schätzte Lacroix den klugen und impulsiven Mann und verstand natürlich, dass ihm die Sippe heilig war und er sie über die Feiertage besuchen wollte.

Seine Kollegin Jade Rio hingegen verbrachte so viel Zeit wie möglich im Büro, seit es in ihrer Ehe kriselte. Ihre Frau Cynthia hatte sie sieben Jahre nach der großen Hochzeitsfeier in Giverny, zu der auch die Lacroix eingeladen gewesen waren, für eine andere verlassen und versuchte seitdem herauszufinden, was sie wollte: das Familienleben mit Jade und ihren gemeinsamen Zwillingssöhnen oder Freiheit und Unabhängigkeit. Lacroix wollte nicht neugierig sein, aber er nahm sich vor, Rio noch vor den Festtagen nach dem Stand der Dinge zu fragen.

»Alles in Ordnung, Commissaire?«, fragte Rio, bevor er in seinem Büro verschwinden konnte.

»Ja, wieso?«

»Sie sehen angespannt und verfroren aus.«

»Ich war auf dem Montmartre bei Rose Violet.«

»Haben wir einen gemeinsamen Fall?«, fragte Rio erstaunt.

»Nein, nein, ich habe nur etwas nachprüfen wollen.«

»Gut, sagen Sie mir, wenn ich etwas für Sie tun kann, ja? Hier ist absolut tote Hose, und mir fällt langsam die Decke auf den Kopf. Stellen Sie sich vor: Ich war kurz davor, mich unten im Museum umzusehen.«

Eine Etage unter Lacroix' Büro befand sich das Polizeimuseum der Stadt Paris: eine kleine Ausstellung mit zusammengewürfelten Exponaten, die so verstaubt und ein wenig verschroben war, dass es den Commissaire jedes Mal entzückte, wenn er durch die schmalen Gänge lief. Wenn er während einer Ermittlung nicht weiterkam, trieb er sich hier herum, besah sich die alten Fahndungsplakate, Uniformen, Waffen und Tatbeschreibungen der Mörder *à l'époque* und fragte sich, wie seine Vorgänger bei der Pariser Polizei seinen Fall wohl gelöst hätten.

»Ich gebe Ihnen Bescheid. Aber für den Moment habe ich nichts für Sie, ich langweile mich ja selbst. Gehen Sie doch nach Hause. Das werde ich jedenfalls gleich tun.«

»Das dauert noch ein wenig. Ich habe Nachtbereitschaft und habe mir, weil ich dann doch nicht ins Museum wollte, die Berichte vom Oktober aus dem Archiv geholt. Ich will sie nicht mit ins nächste Jahr nehmen.«

»Hmm, Sie Arme«, sagte Lacroix, mit den Gedanken schon ganz woanders.

Er spürte ihren Blick im Rücken, als er in sein Büro

ging. Dort setzte er sich in seinen Sessel und starrte gegen die leere Glaswand. Er langweilte sich gar nicht. In Wahrheit hatte er ein ganz schlechtes Gefühl. Er wünschte sich, dass ihn seine Intuition trog.

Mit einem Ruck stand er auf, zog den dicken Mantel über, setzte den Hut auf und ging wieder hinaus in den frühen Abend. In einer Stunde müsste er auf den Champs-Élysées sein. Genug Zeit für einen kleinen Umweg und einen *apéro* im Chai. Yvonne würde denken, er sei gar nicht weg gewesen.

9

Die Prachtstraße versank im Weihnachtsglanz. Zwar war der Schnee auf der Fahrbahn der breiten Avenue schon verschwunden, der Bürgersteig aber war noch ein weißes Meer. Jeden Baum von der Place de la Concorde bis hinunter zum Arc de Triomphe schmückten Hunderte hängende hellblaue Lichter, in denen von Sekunde zu Sekunde das Glitzern heruntertropfte, als wäre es glänzender Regen. Es war ein wahnsinnig kitschiger Effekt, befand Lacroix, aber durch das schiere Ausmaß der Installation kam er nicht umhin, sie als schön zu empfinden. Auch sie war gesponsert, ausgerechnet von einem Ölunternehmen. Wenn das Serge Foll sehen könnte – er würde sie sicher in Bausch und Bogen verdammen.

Von hier oben fiel die Avenue sanft ab, erst bis zum Arc de Triomphe anderthalb Kilometer weiter, dann, endlos weit hinten, kam die moderne Achse in den Blick, das Büroviertel La Défense mit dem futuristischen modernen Triumphbogen, der *Grande Arche*, die sich Präsident François Mitterrand in den Achtzigern als Denkmal gebaut hatte. Drum herum ragten die Wolkenkratzer von Total, Société Générale und Électricité de France in den Himmel.

Er konnte nicht stehen bleiben und innehalten. Es waren Tausende Menschen auf der Straße, die sich gen

Westen schoben, immer weiter der weihnachtlichen Festivität entgegen. Nicht nur, dass die Champs-Élysées noch immer das kommerzielle Zentrum der Hauptstadt waren und damit die erste Adresse für den Erwerb von Weihnachtsgeschenken – nein, die Stadt hatte vor wenigen Jahren auch noch die Erlaubnis für einen Weihnachtsmarkt erteilt.

Pah, ein Weihnachtsmarkt!, hatte Lacroix damals gedacht. Sich in der Kälte die Beine in den Bauch stehen für schlechte gebratene Würste und süßen Glühwein, das war nur etwas für die Deutschen. Die hatten den *marché de Noël* schließlich erfunden. Seine Landsleute saßen lieber im Restaurant, aßen gute Steaks und tranken guten Wein. Doch als Dominique ihn vor vier Jahren zum ersten Mal mitgeschleppt hatte, hatte er zugeben müssen, dass die Stimmung vor den Holzhütten gar nicht so schlecht war. Und auch die Wurst und der Glühwein hatten besser geschmeckt, als er vermutet hatte. Seitdem pflegten sie die Tradition, einmal im Jahr zum *marché* auf die Champs zu gehen. Heute konnte er das Angenehme mit dem Nützlichen verbinden.

Er erreichte das kleine Dorf aus überdekorierten Holzhäuschen: ein Meer aus Weihnachtsschlitten, glitzernden Sternen und Verkäufern mit langen weißen Bärten, quer herüber hing ein Lichterteppich, der das Spektakel beleuchtete. In den weißen Bretterbuden gab es allerhand Kitsch und Krempel, Weihnachtsgeschenke für Schnell- oder Unentschlossene und Spezialitäten, die sich in irgendeiner Form der Weihnachtszeit zuordnen ließen – seien es nun elsässisches *choucroute* auf einem Plastikteller oder schwedische Fleischklößchen, von einem Mann im Elchkostüm dargereicht. An einem Stand gab es sogar Austern, das hier war ja immer noch das weltliche Zentrum aller Genüsse. Lacroix schob sich durch die Menge und sah sie schon von Weitem: Er hätte gern zuerst allein mit Dominique gesprochen, doch Charles Dufour war bereits da. Die beiden Bürgermeister standen – wie symbolisch – an einem Stehtisch genau neben einer mannshohen Statue des Eiffelturms, der ebenfalls voller glitzernder Lichter war. Das Blinken spiegelte sich in den strahlenden Augen seiner Frau, als sie einander erblickten.

Sie sah hinreißend aus in ihrem langen dunkelblauen Wollmantel, den sie zu Beginn des Winters zusammen bei einem Ausflug nach Chartres gekauft hatten. Er musste sich förmlich von ihrem Anblick losreißen, um den Mann neben Dominique zu mustern, der seinerseits den Commissaire anblickte. Ein leichtes Lächeln umspielte seine Lippen. Er war groß und muskulös und trug eine schlichte schwarze Allwetterjacke. Seine dunklen Haare hatten einen leichten Graustich, wobei Lacroix sich nicht sicher war, ob es vielleicht auch einfach nur kleine Schneeflocken waren. Er hatte markante Augen, groß und blau, und trug einen dichten Vollbart. Ungewöhnlich für einen Politiker. Nein, korrigierte Lacroix sich selbst in Gedanken, er war der Prototyp des neuen Politikers, modern, volksnah, leger.

»*Bonsoir*«, sagte Dominique, als er sie erreichte, dann gab sie ihm die *bises* und öffnete die kleine Runde.

»Darf ich vorstellen? Charles Dufour, Bürgermeister des Achtzehnten und leider in der falschen Partei.«

Sie lachten alle drei, Dufour lachte am lautesten. Dominique gehörte natürlich der konservativen Partei an, etwas anderes war im wohlhabenden siebten Arrondissement nicht vorstellbar. Der Bürgermeister im durchmischten Achtzehnten wurde von den Sozialisten gestellt – auch das würde sich wohl nie ändern. Lacroix bewunderte seine Frau immer für ihre Schlagfertigkeit und die schnellen Pointen. Sie war einfach eine Vollblutpolitikerin, der es auf diese Weise gelang, das Eis zu brechen, ohne dass sie ihr Gegenüber vorführte.

»Ich freue mich, Sie kennenzulernen«, sagte Lacroix und wartete, bis Dufour seine Lederhandschuhe ausgezogen hatte und sie sich die Hände schüttelten.

»Es ist mir eine Ehre, Commissaire. Ihr Ruf eilt Ihnen voraus.« Eine angenehme Stimme, tief und kräftig. Dominique hatte gesagt, dass er beim Militär sei. Das passte, dachte Lacroix. Diese Stimme war gewohnt, Befehle zu erteilen.

»Wir haben schon mal angefangen, *mon cher*«, sagte Madame Lacroix und hielt ihre Tasse hoch. Endlich keine Pappbecher mehr, der Commissaire war erleichtert. »Ich hole uns neue«, sagte Dominique und stellte sich in die Schlange des Standes, der ihnen am nächsten war. *Vin chaud bordelais* stand in roten Lettern auf einem großen weißen Schild. Das konnte nur ironisch gemeint sein.

»Herzlichen Glückwunsch zu Ihrer Frau«, sagte der

Bürgermeister. »Sie ist wirklich ganz und gar bemerkenswert. Ich kann sehr viel von ihr lernen.«

»Ich lerne auch jeden Tag von ihr«, sagte Lacroix und blickte Dominique versonnen nach. »Und Ihnen Glückwunsch zu Ihrer Wahl. Wenn man sich oben auf dem Berg umhört, dann wird viel Gutes über Sie erzählt.«

»Sie hören sich um? Nach mir?«

»Nur Dinge, die ich aufschnappe.« Lacroix hätte nicht sagen können, ob Dufour sich geschmeichelt fühlte oder irritiert war.

»Ich habe es schon von meinem Ordnungsdezernenten erfahren, und Ihre Frau hat es auch angedeutet. Ich bin sehr dankbar, dass Sie sich dieses Falls annehmen und die Kollegen meines Arrondissements unterstützen. Ein so erfahrener Beamter wie Sie. Für manche klingt das, was passiert ist, wie ein Dummejungenstreich. Aber ich …«

»Sie bezweifeln, dass es ein Dummejungenstreich war?«

»Wissen Sie, Commissaire, die Banlieue ist bei uns im Norden direkt um die Ecke, viel näher als hier unten. Bei uns wird viel randaliert. Was meinen Sie, wie viele Bushaltestellen ich nach einem ganz normalen Wochenende neu verglasen lassen muss? Doch das hier, das ist anders: Wenn jemand Randale machen will, dann zerschneidet er einfach die Lichterketten und lässt sie achtlos liegen. Aber er macht doch nicht so eine komplizierte Aktion und baut alle Lichter ab, ohne einen Hinweis darauf, dass sie jemals da waren.«

Lacroix betrachtete ihn eine Weile schweigend. »Ich will ehrlich mit Ihnen sein: Ich habe das auch gedacht. Und es gefällt mir nicht.«

»Haben Sie sich deshalb der Sache angenommen?«

»Ja. Ich habe den Artikel im *Parisien* gelesen, auf den Sie gedrängt hatten.«

»Haben Sie schon etwas rausfinden können?«

»Nicht wirklich. Es gibt eine Zeugin, die etwas gesehen haben will, in der Nacht, als der Baum umgesägt wurde.«

»Ach, wirklich … Was denn?«

»Sie hat mehrere Menschen wegrennen sehen.«

»Also doch Randalierer?«

»Oder Weihnachtshasser?«

»Manche Bürger sind merkwürdig geworden«, sagte der Bürgermeister nachdenklich. »Obwohl, wahrscheinlich war das immer schon so.«

»Kennen Sie Serge Foll?«

»Den Maler?«

»Genau den.«

»Ich hätte nicht *Maler* sagen sollen, sondern *Aktivist*. Wissen Sie, Monsieur Foll beschäftigt meinen Ordnungsdezernenten seit Jahren. Er schickt wöchentlich wütende Schreiben. Allein diesen Monat hat er sich über das Sponsoring der Lichterketten beschwert und über den Einsatz kirchlicher Symbole im öffentlichen Raum …« Der Bürgermeister stockte. »Sie fragen, weil er genau gegen die Dinge wütet, die nun zerstört wurden? Glauben Sie …« Dufour war blass geworden.

»Ich weiß es nicht, Monsieur le Maire.«

»Manchmal verstehe ich die Menschen wirklich nicht«, sagte der Bürgermeister nachdenklich.

»Dabei haben Sie doch schon viel von der Welt gesehen und viele Menschen kennengelernt. Waren Sie nicht beim Militär?«

»Sie haben recht«, sagte er, und sein Blick verlor sich in der Ferne. »Ich habe fast zwanzig Jahre gedient und die schrecklichsten Dinge gesehen. Erst Afrika, dann der Balkan, zum Schluss in Mali. Deshalb ist es für mich völlig unerklärlich, dass Menschen, die hier in Sicherheit leben, so bescheuerte Dinge tun.«

Dominique schob sich mit drei dampfenden Tassen in den Händen durch das Gedränge. »Auf frohe und gesegnete Weihnachten, meine Herren.«

Sie stießen an, um sie herum schwatzten die Pariser, während die Touristen für Souvenirs anstanden, und in der Ferne strahlte der Triumphbogen. Lacroix begann sich zu entspannen.

»Werden Sie die Weihnachtstage in der Stadt verbringen?«, fragte Dufour.

»Wir reisen wie jedes Jahr am ersten Weihnachtstag in unser Landhaus nach Giverny«, sagte Dominique und lächelte sanft, weil sie wohl an das kleine steinerne Häuschen mit dem windschiefen Dach dachte, an den verwunschenen Garten und an den wärmenden Kamin. »Es ist unglaublich schön dort. Über die Feiertage hat das Monet-Museum geschlossen, sodass das Dorf einfach Dorf sein kann – ein ganz normales kleines normannisches Örtchen, wie früher, als ich ein Kind war.

Wir essen und lesen und entspannen uns, einfach herrlich! Und Sie, Monsieur le Maire?«

»Es ist meine erste Amtsperiode«, sagte Dufour lächelnd. »Ich traue mich noch nicht, meinen Bezirk unbeaufsichtigt zu lassen. Deshalb bleibe ich hier, in meinem Haus auf dem Montmartre.«

»Ach, diese ambitionierten Nachwuchspolitiker«, sagte Dominique. »Entweder Sie werden irgendwann wie ich oder Sie werden Präsident.«

»Eigentlich würde ich lieber werden wie Sie, Madame Lacroix.«

»Das glaube ich Ihnen nicht.«

Lacroix mochte ihn, diesen Mann, der so stark und beherzt war, aber auch nicht versuchte, seine unsichere Seite zu verbergen. Die Welt der Politik war ein Haifischbecken – besonders in der Hauptstadt.

»Um noch mal kurz auf unser Gespräch zurückzukommen, Monsieur Lacroix. Ich will nicht schlecht über Serge Foll reden. Auf der Place du Tertre wären nur halb so viele Touristen, wenn es ihn nicht gäbe. Er ist ein wirklich toller Maler.«

»Er hat nur so seine liebe Mühe mit Autoritäten.«

»Wissen Sie, ich kann ihn sogar ein bisschen verstehen: Er ist einer dieser alten kauzigen Pariser, die mit ansehen müssen, wie ihre Stadt nach und nach verschwindet. Er kommt aus einer Zeit, als die Markthändler in Châtelet nach den Morgenstunden die Fische auf der Straße zu Ramschpreisen verhökert haben. Die Zeit, als es auf der Place du Tertre nur wirkliche Künstler gab und nicht diese kitschigen Aquarellmaler.

Die Stadt verändert sich, während er stehen geblieben ist. Das missfällt ihm. Ich war auch schon Leidtragender seines Zorns. Bei der Entscheidung, wer kandidieren darf, habe ich bei den Sozialisten gegen einen echten Kommunisten alter Schule gekämpft. Foll hat sich für den Ultralinken engagiert und mir seinen ganzen Hass entgegengeschleudert. Letztlich habe ich gewonnen – aber ich bilde mir nicht ein, dass es mein Verdienst war. Es lag am Zeitgeist. Ich stehe für Fortschritt, und Foll lebt in der Vergangenheit. Wobei ich nicht sagen kann, dass er mir damit wahnsinnig unsympathisch ist.«

»Ich habe mal einen Artikel über ihn in *Le Monde* gelesen«, sagte Dominique. »Sie hatten ein paar seiner Bilder abgedruckt. Beeindruckend!«

»Kein Wunder, dass die Menschen bereit sind, stundenlang zu warten, um sich von ihm zeichnen zu lassen«, sagte Lacroix.

»Ein echter *artiste* eben.«

»Sie ziehen die besonderen Menschen wirklich an, da oben am Montmartre. Ich war heute kurz in der Kirche. Es wurde gerade alles für den Gottesdienst mit dieser Nonne vorbereitet. Ihre Kirche wird aus allen Nähten platzen, oder?«

Es ging so schnell, dass Lacroix nicht gesehen hat, was passiert war. Jemand musste zu nahe an Dufour vorbeigegangen sein und ihn angerempelt haben. Seine Tasse flog durch die Luft und zersprang nach der unsanften Landung in tausend Teile, der Glühwein spritzte in alle Richtungen.

»Huch, *merde*«, sagte Dufour wütend.

Dominique legte ihm beruhigend die Hand auf die Schulter. »Kann passieren, ist ja auch ein Gedränge hier. Warten Sie, ich hole Ihnen einen neuen.«

»Nein, lassen Sie nur. Ich mache das und lade Sie ein.« Er ging in Richtung Glühweinstand, die Schlange war deutlich kürzer geworden.

»Er ist doch ein netter Mann, nicht?«

»Ja, wirklich. Bescheiden und klug.«

»Wie geht's dir? Du wirkst angespannt.«

»Ich bin nur müde«, sagte Lacroix, überrascht, dass seine Frau spürte, was er sich selbst noch nicht eingestanden hatte. »Ich bin wahnsinnig viel gelaufen. Und die Kälte, ich fühle mich nicht recht wohl. Rose ist auch krank, vielleicht hat sie mich angesteckt.«

»Die gute Rose«, sagte Dominique tonlos, »ist sie dir zu nahe gekommen?«

Er lächelte sie an, sagte aber nichts, weil er wusste, dass Dominique keinen Deut eifersüchtig war. Und wenn doch, dann hätte ihn das sogar mit Stolz erfüllt.

»So, liebe Familie Lacroix, ein letzter Schluck, und dann muss ich zurück auf meinen Berg.«

»Wo genau wohnen Sie, Monsieur Dufour?«, fragte Dominique. »Ich stelle mir eine stattliche Bleibe vor, mit einem unverbaubaren Blick auf die alte Kirche.«

»Da muss ich Sie enttäuschen. Mein Großvater war Schmied oben auf dem Berg. Er hatte eine alte Scheune unterhalb der Windmühle. Mein Vater hat den Betrieb noch übernommen, ist dann aber irgendwann zu Alstom gegangen. Als ich vor sechs Jahren aus Afrika zurückkam, habe ich das alte Haus neben der Schmiede umbauen lassen. Und seitdem wohne ich dort. Es ist sehr grün und sehr ländlich.«

»Klingt wunderschön«, sagte Lacroix und trank den Rest des heißen und süßen Glühweins aus, der von Tasse zu Tasse besser wurde.

»Das ist es. Ich lade Sie gern einmal zum *dîner* ein. Sie beide natürlich. Dann können wir ja beraten, wie wir den Bürgermeister von Paris stürzen und in einer konservativ-sozialistischen Koalition das Amt unter uns aufteilen.«

»Sehen Sie, ich habe doch gesagt, Sie haben noch viel vor«, sagte Dominique lachend.

»Ich wünsche Ihnen einen guten Abend«, sagte Dufour, »und, Commissaire, vielen Dank, dass Sie sich der Sache annehmen. So kann ich heute beruhigt schlafen.«

»Erwarten Sie nicht zu viel von mir, Monsieur Dufour«, sagte Lacroix. »Hoffen wir nur, dass wir morgen früh nicht aufwachen, und dieser Weihnachtsmarkt hier ist verschwunden.«

»Das hoffen wir«, sagte Dufour, bevor sie sich die Hände reichten und der Bürgermeister mit großen Schritten in Richtung Metro davonging. Genau in diesem Moment begann es wieder sanft zu schneien.

»Oh, wie schön, mein Herz, siehst du das? Was machen wir beide jetzt mit dem angebrochenen Abend? Wir wollen doch nicht etwa auf dem Weihnachtsmarkt essen?«

»Gott bewahre«, sagte Lacroix schnell. »Wollen wir auf dem Weg nach Hause ins Bistro an der Ecke?« Er sah auf die Uhr. »Jetzt müsste es noch frisches *steak tartare* geben.«

»Als würde es an Weihnachten nicht genug Fleisch geben.« Sie lächelte. »Na, gehen wir.«

Roter Schnee

10

Das schrille Klingeln des Telefons riss Lacroix aus dem Schlaf. Er setzte sich auf und schüttelte kurz den Kopf, um sich zu orientieren. Draußen war es noch dunkel. Er griff zu dem Hörer des Apparats, der neben ihm auf dem Nachttisch stand. Dominique stöhnte auf und drehte sich auf die andere Seite. Aus dem kurzen *steak tartare* war ein langes *steak tartare* geworden. Sie hatten andere Stammgäste getroffen und waren versackt, in einer langen Diskussion über die anstehende Rentenreform.

»Ja, Lacroix?«

»Commissaire? Entschuldigen Sie …«

»Guten Morgen, Capitaine Rio. Was ist passiert?«

»Eben hat Commissaire Violet hier angerufen. Sie sagte, sie wolle Sie nicht stören. Aber ich dachte, Sie sollten wissen, dass …« Für einen Moment war Stille. »Hören Sie, ich bin auf dem Weg zu Ihnen, wir müssen auf den Berg.«

Lacroix war sofort hellwach. Verdammt. Was war passiert?

»Wann sind Sie da?«

»Fünf Minuten. Ich bin schon auf den Quais.«

»*D'accord.* Ich bin gleich unten.«

Er legte auf, ging ins Badezimmer und zog sich an. Es war eine Routine, die Dinge, die nötig waren, so schnell zu erledigen wie möglich. Wie oft hatte er diese nächtlichen Anrufe schon erhalten, das Adrenalin gespürt, das von jetzt auf gleich durch seinen Körper strömte. Sein Herz pochte, das Blut pumpte und versorgte ihn mit Wärme, er spürte, wie groß die Sorge war. Einige Minuten später stand er auf der menschenleeren Rue Cler. Es war kurz nach sechs.

Es hatte die ganze Nacht geschneit, anfangs nur spärlich, doch als sie das Restaurant verlassen hatten, waren es dicke Flocken gewesen. Das Pflaster war mit Schnee bedeckt, die Stadtreinigung hatte offenbar noch nicht mit der Arbeit begonnen oder schon kapituliert und entschieden, nur noch die Quais und die großen Avenuen zu räumen.

Eine Minute später bog der kleine Renault Clio um die Ecke. Wenn Rio ihn abholte, verzichtete sie stets auf Blaulicht und Sirene, um die Nachbarn nicht zu wecken. Sie bremste aus voller Fahrt ab und brachte das Auto direkt neben ihrem Chef zum Stehen.

»Guten Morgen, Capitaine«, sagte Lacroix, und Rio warf ihm einen Seitenblick zu.

»Guten Morgen, Commissaire. Es wird eine Weile dauern, alle Straßen sind verstopft. Die Pendler sind heute früher dran als sonst. Halten Sie sich gut fest!«

Sie fuhr an, setzte, als sie in die Avenue de la Motte-Picquet einbog, das Blaulicht aufs Dach und schaltete die Sirene an. So rasten sie durch die Straßen, die nur erhellt waren von den gelben Laternen, während das blaue Licht durch den beginnenden Morgen zuckte.

Lacroix hatte vor Jahren einmal gesagt, dass er nicht

viel wissen wollte, bis er am Tatort eintraf, nicht reden, sondern sich lieber gedanklich vorbereiten wollte. Rio und Paganelli hielten sich geflissentlich daran, sodass es auf ihren Fahrten stets sehr still war. Doch diesmal brach Lacroix seine eigene Regel.

»Sagen Sie, was ist passiert?« Er fand es zu merkwürdig. Erst die Lichterketten, dann der Weihnachtsbaum, und jetzt? Der Anruf passte so wenig ins Bild wie die Tatsache, in den frühen Morgenstunden mit Sirene gen Norden zu rasen. Obwohl etwas in ihm schrie: *Ich habe es gewusst.*

Rio durchfuhr den Kreisverkehr am Étoile, nahm dann die Avenue de Wagram, umkurvte einen kleinen Stau an der Ampel und nahm den Boulevard de Courcelles. Rechts lag der Parc Monceau, ein dunkler Schatten nur, es musste herrlich sein, nachher, wenn die Sonne schien, der ganze Schnee in diesem wunderschönen Ensemble mit den alten griechischen Säulen und dem zugefrorenen Teich. Rio nahm die Busspur, dann sah sie ihn an.

»Es gab einen Angriff, eine Messerattacke …«

Lacroix unterbrach sie: »Vorsicht!«

Sie schaffte es knapp, dem Bus auszuweichen, der an der Haltestelle stand, dann fing sie den Wagen wieder ein.

»Gut, fahren Sie. Ich warte.«

Und dann war der Moment da, den er normalerweise am meisten genoss, wenn er diese Straße entlangfuhr: Auf einmal war genau vor ihnen oben auf dem Berg die weiße Kirche zu sehen; jetzt, wo es noch dunkel war,

war sie noch viel deutlicher zu erkennen, wie eine Erscheinung, angestrahlt vom Gold der Scheinwerfer, die sie schweben ließen. Was für eine Pracht! Heute aber wollte er nur ankommen.

Langsam wurden die Straßen voller, im Gegenverkehr war schon Stau, all die Pendler aus den nördlichen Vororten, aus Saint-Denis, Saint-Ouen und Aulnay-sous-Bois, die in die Stadt drängten. An der Place de Clichy fuhr sie geradeaus, dann über die Brücke, unter der die großen Familiengräber des Cimetière de Montmartre zu sehen waren, auch Heinrich Heine lag hier. Sie fuhren durch die engen Straßen immer weiter bergan. Oben standen bereits drei Polizeiautos, ein Krankenwagen und ein großer weißer Wagen mit der blauen Aufschrift *Services Vétérinaires*.

»Verdammt!« Lacroix hatte plötzlich eine furchtbare Ahnung.

Sie hielten hinter der Kolonne und stiegen aus. Auf der Rue Lepic standen schon Schaulustige an der Absperrung, Frühaufsteher oder Anwohner, die das Blaulicht geweckt hatte. Ein grimmiger Beamter hielt sie auf Distanz. Er salutierte, als Rio und Lacroix das Flatterband hochhoben und darunter durchgingen. Was aussah wie ein kleiner Park, war das Zentrum des früheren dörflichen Montmartre. Ein Verbund von niedrigen Häusern und Scheunen, überragt von der alten Moulin de la Galette, der hölzernen Windmühle, die schon van Gogh auf einem seiner berühmtesten Bilder verewigt hatte. Lacroix fühlte sich in der Dunkelheit und unter den Flügeln der Mühle kurz, als wäre er aus der Zeit gefallen und in einem Schwarz-Weiß-Film gelandet. Sie gingen über die alten Pflastersteine ins Innere des Hofes, es öffnete sich ein kleiner Platz, von Scheunen eingefasst, und dort, genau in der Mitte, bot sich das gruselige Szenario ihren Augen dar.

Lacroix vergaß Rio neben sich und beschleunigte seinen Schritt. Rose Violet hob nur kurz den Kopf, sie hatte Tränen in den Augen. Er trat vorsichtig näher, bemüht, nicht in Blut zu treten, und kniete sich neben sie. Dann legte er seine Hand auf die Brust des Pferdes, das am Boden lag, das Fell war noch warm. Er spürte das Beben im Inneren, die großen Augen waren schon geschlossen, es war der Moment, in dem das Leben aus diesem riesigen Körper wich. Lacroix betrachtete den Schnitt. Dort, wo der Hals in die Brust überging, trat das Blut aus, viel Blut. Lacroix wusste nicht, ob er derlei schon mal gesehen hatte, es sickerte immer noch und färbte den Schnee rot und ließ ihn zugleich schmelzen. Alle viere hatte das Tier von sich gestreckt. Lacroix wusste nicht, ob das Tier noch etwas spürte, aber das war auch egal in diesem Moment.

Erst jetzt bemerkte er die dritte Person, die ebenfalls neben dem Tier kniete. Ein Mann in einem weißen Kittel, er war vielleicht Ende vierzig. Seine dichten Haare waren hellblond, er hob den Kopf und seine Augen sagten alles.

Nach einer Weile beinahe vollkommener Stille, Rio und ein paar Uniformierte standen ratlos um sie herum, erhob sich Lacroix wieder. Auch Rose Violet stand auf, der Mann im Kittel trat auf sie zu und reichte dem

Commissaire die Hand. Sein Händedruck war fest und warm, er wirkte vital und zupackend, und er zeigte nicht einen Anflug von Kälte, dabei trug er nur seinen Kittel, nicht mal eine Jacke.

»Docteur Laparre, ich bin der Veterinär des Bezirks. Rose?«

»Guten Morgen. Das ist Commissaire Lacroix aus dem Fünften. Frag nicht, warum er hier ist. Ich dachte, es sei besser.«

Der Tierarzt konnte den Blick nicht von dem Pferd wenden, mit hängenden Schultern sagte er: »Der Todeskampf hat lange gedauert, obwohl er von Anfang an aussichtslos war. Die Wunde war zu groß, ein Stich durch die Lungenarterie und von dort direkt in die Pulmonalklappe. Den Blutfluss kann niemand stoppen. Wissen Sie, wie viel Blut ein Pferd hat? 45 Liter. Verdammte 45 Liter. Wissen Sie, wie lange das dauert, bis es stirbt? Wie lange …« Er sah auf die Uhr. »Ich war nach fünfundzwanzig Minuten hier, und Sie, Commissaire, nach weiteren dreißig Minuten. Jetzt ist es gestorben, gerade eben. Eine verdammte Qual.«

»Was ist passiert?«, fragte Lacroix und blickte Rose an. »Das ist meine Kollegin, Capitaine Rio«, er signalisierte ihr, zu ihnen zu kommen. »Mit ihr hast du vorhin telefoniert.«

»Morgen, Capitaine«, sagte Rose knapp, und die beiden Frauen gaben sich die Hand. »Wir wurden von einem Anwohner gerufen, der das Geschrei gehört hat. Das Pferd, es hat …« Sie hielt einen Moment lang inne. »Ich war schnell hier, ich wohne ja gleich um die Ecke, vor mir war nur ein Streifenpolizist hier. Das Pferd hat geschrien, ich habe so etwas noch nicht gehört. Der Polizist hatte schon seine Waffe gezogen und wollte dem Leid ein Ende setzen, aber ich habe gesagt, wir warten auf den Tierarzt. Verdammt, es war die falsche Entscheidung, oder?«

Laparre senkte den Kopf. »Sie konnten es nicht wissen«, sagte er leise.

Roses Augen füllten sich wieder mit Tränen. Lacroix konnte sich nicht erinnern, sie jemals so verletzt gesehen zu haben. Es war unglaublich, wie sehr die Menschen mit den Tieren litten.

»Der Mann lag daneben«, sagte sie nach einer Weile und zeigte auf eine Stelle, wo der Schnee ebenfalls geschmolzen war. Daneben ein umgefallener Eimer.

»Der Mann?« Lacroix' Stimme war lauter gewesen, als er beabsichtigt hatte.

»Der Besitzer des Pferdes.«

»Ist er …«

»Nein, man hat ihn niedergeschlagen. Zum Glück waren wir so schnell hier, sonst wäre er erfroren. Er war bewusstlos, als sie ihn ins Krankenhaus gefahren haben, ist aber nicht lebensgefährlich verletzt, sagte der Notarzt. Wir müssen warten, bis er aufwacht, dann können wir ihn vernehmen.«

»Herrje.« Langsam begriff er. »Komm«, sagte er, und Rose trat neben ihn. Er hob den Eimer an. »Er wollte das Pferd füttern.«

Die Commissaire nickte.

Lacroix ging weiter zu einer Scheune, deren Tor nur

angelehnt war. Das alte Holz war hellbraun, ausgeblichen von der Sonne, und die Tür knarzte in den Angeln, als der Commissaire sie öffnete. Dann nickte er. »Sie sind es.«

»Wer?«

Er wies hinein. Ein offenes Gatter, eine Box, Decken lagen da und Stroh, dazu ein Eimer Wasser. Am anderen Ende der Scheune stand die hölzerne Kutsche, der Kunstschnee glitzerte in der Dunkelheit. Und an einem Haken in der Ecke hing das Elchgeweih.

»Die Kutsche vom Montmartre. Das Weihnachtsgespann.«

»Verdammt«, sagte Rose, weil sie nun auch die Tragweite begriffen hatte.

»Durchsuchen Sie alles«, sagte die Commissaire zu einem der Uniformierten.

Lacroix warf einen letzten Blick auf das Pferd, das in der Mitte des Platzes in einem Meer aus Blut lag, an den Rändern der Schnee wie ein weiches Bett. Er wusste nicht, wie er dieses Bild jemals wieder aus seinem Kopf bekommen sollte.

11

Gerade als sie auf dem Weg ins Kommissariat des Achtzehnten waren, klingelte Violets Telefon.

»*Oui?*« Sie hörte einige Sekunden zu, dann legte sie auf und sagte mit unverhohlener Wut in der Stimme: »Diese Bastarde.«

»Was ist passiert?«, fragte Lacroix, der neben ihr saß und sich festhalten musste, weil sie den Wagen auf der engen Rue Caulaincourt wendete. Rio war im Auto hinter ihnen und tat es ihr nach; für die Capitaine, die gut und gerne Rallyefahrerin hätte sein können, war das kein Problem.

»Das Pferd war ihnen nicht genug. Sie haben auch noch das Kloster besprüht. Mit dummen Parolen gegen das Kapital, gegen die Gentrifizierung – und natürlich gegen die Polizei. Die Beamten haben es eben erst entdeckt.«

»Sehen wir es uns an«, sagte Lacroix, doch da klingelte Violets Handy schon wieder. Der Commissaire war wirklich froh, dass er kein solches Folterinstrument sein Eigen nannte.

»*Oui?*« Sie klang genervt. »Er ist wieder wach«, sagte Rose, als sie auflegte. »Der Kutscher. Was machen wir jetzt?«

»Das Graffiti läuft uns nicht weg. Erst zu dem Mann, vielleicht hat er etwas gesehen.«

»Du hast recht, Lacroix. Verdammt, ich mag es gar nicht, wenn sich in meinem kleinen Dorf die Ereignisse überschlagen.«

Doch die Commissaire war keine zögerliche Frau, also wendete sie erneut und raste in Richtung Hôpital de Bichat. Lacroix sah Rios verwundertes Gesicht, als sie ihr schon wieder entgegenkamen, doch auch dieses Mal folgte seine Kollegin ihnen unumwunden. Mittlerweile war die Wintersonne aufgegangen, und sie sahen den verspiegelten Bau kurz vor dem Périphérique schon von Weitem.

Rio hielt neben ihnen im Parkverbot vor der Notaufnahme, und sie gingen rasch hinein. Die Frau am Empfang half ihnen sofort weiter, und sie fuhren mit dem Aufzug in die sechste Etage. Als sie ausstiegen, war links eine riesige Fensterfront, und sie hatten einen direkten und unverbauten Blick auf den Eiffelturm, der so nahe schien und doch eine halbe Stadt entfernt war. Auf den Dächern ringsum lag Schnee. Es war ein wunderschöner und idyllischer Anblick, die Schornsteine, die Kreuze auf den Kirchen, all das in dieser Winterlandschaft. Doch nicht mal diese Aussicht konnte die Bilder der letzten zwei Stunden aus ihren Köpfen verscheuchen, dachte Lacroix.

Sie betraten Zimmer 645. Lacroix erkannte den Mann, der die fotografierenden Chinesen kutschiert hatte, sofort wieder. Dort, wo die Weihnachtsmannmütze gesessen hatte, war nun ein weißer Verband. Er wirkte klein und verloren, wie er da auf seinem Bett saß und mit angstgeweiteten Augen zu den Polizisten aufsah.

»Endlich«, sagte er mit heller Stimme, »endlich, endlich sagt mir einer was. Sie sind doch Commissaire Violet, oder? Ich kenne Sie.«

»Ganz richtig, Monsieur. Ich leite das Kommissariat im Achtzehnten. Das ist mein Kollege Commissaire Lacroix. Können Sie mir bitte Ihren Namen nennen?«

»Attila«, sagte der Mann. »Also, eigentlich heiße ich Romain Vigier, aber im Viertel bin ich Attila, der Kutscher.«

»Monsieur Attila«, sagte Rose, »wie geht es Ihnen? Was macht Ihr Kopf?«

»Ein Schlag, mit einer Latte oder dergleichen, sagen die Ärzte. Gehirnerschütterung, aber bei mir ist da nicht viel zu erschüttern. Ich werde nicht dran sterben. Aber wie geht es Cyrano?« Er sah sie mit großen Augen an.

Lacroix übernahm. »Ihr Pferd hat es leider nicht geschafft. Es ist verblutet. Wir waren bei ihm, als es starb. Es tut uns sehr leid.«

Die Augen des Mannes weiteten sich, als er begriff. Er senkte kurz den Blick, dann aber fasste er sich wieder, schwang seine Beine aus dem Bett und versuchte aufzustehen. Es gelang ihm, auch wenn er noch sehr wacklig war.

»Monsieur, vielleicht sollten Sie …«, sagte Rose, doch Attila unterbrach sie.

»Ich will mein Pferd sehen. Ich will zu meinem Pferd!«

Lacroix trat zu ihm und griff ihn an den Schultern, dann zog er ihn an sich und drückte ihn. Er spürte, wie die Frauen die Luft anhielten. So standen sie da, für einen endlos scheinenden Moment. Dann löste sich der Commissaire wieder, Attila sank aufs Bett zurück und blieb starr sitzen.

»Capitaine Rio wird Sie gleich zu Ihrem Pferd bringen. Aber vorher bitte ich Sie, uns zu erzählen, was passiert ist.«

»Ich kann mich an nichts erinnern«, sagte Attila. »Ich wollte Cyrano füttern, bevor wir gemeinsam in den Tag starten, wie jeden Morgen. Aber dann ... war alles dunkel. Ich habe vielleicht etwas gehört, so scheint es mir jetzt, aber vielleicht bilde ich mir das auch nur ein.«

»Beschreiben Sie genauer, wie Sie den Tag normalerweise beginnen.«

»Wir arbeiten seit über zwanzig Jahren zusammen, ich habe Cyrano gekauft, als er fast noch ein Fohlen war. Ich habe ihn Cyrano genannt, weil er eine so prägnante Schnauze hatte – wie Cyrano de Bergerac – und weil ich ihn in der Gascogne gekauft habe. Mit fünf Jahren habe ich ihn vor die Kutsche gespannt, vorher nicht, ich bin kein Tierquäler. Damals war ich auch noch jung, unglaublich. So eine lange Zeit.«

Er machte eine Pause, weil ihm nun doch die Tränen kamen.

»Er schläft in der Scheune, die ich von der Stadt gepachtet habe. Für eine kleine Miete, die Stadt fördert uns, weil wir beide eine Touristenattraktion sind.«

Er sprach immer von *wir*, bemerkte Lacroix, als wären sie Partner, Freunde gewesen. Und wahrscheinlich war es genau so.

»Ich wohne in der Rue Lepic in einem kleinen Zimmer unterm Dach. Ich gehe jeden Morgen um fünf herunter, Cyrano hat dann Hunger. Im Winter arbeiten wir, bis es dunkel wird. Wir gehen früh schlafen, fangen dann aber immer schon um acht oder halb neun an, dann kommen die ersten Touristen zur Sacré-Cœur. Es lohnt sich. Heute war es auch so. Ich habe sein Futter vorbereitet und ihn rausgeführt auf den Platz. Er frisst nicht gern in seiner Scheune, er liebt frische Luft. Er hat also gefressen, und ich habe geraucht. Und dann …«

»Dann hat Sie jemand niedergeschlagen, Monsieur Attila.«

»So scheint es.«

»War so früh am Morgen außer Ihnen noch jemand in der Scheune?«

»Niemand«, sagte Attila kopfschüttelnd, »es gibt dort einige Werkstätten und die Produktionshalle für den Wein vom Montmartre. Aber so früh wie wir ist niemand wach.«

»Also kann niemand etwas gesehen haben?«

»Ich kann es mir nicht vorstellen. Wie haben Sie denn überhaupt herausgefunden, was passiert ist?«

Rose und Lacroix wagten es nicht, einen Blick zu wechseln. Auch so war beiden bewusst, dass sie ihm nichts von den Schreien seines Pferdes erzählen würden.

»Ein Nachbar hat jemanden aus dem Hof rennen sehen und uns angerufen«, log Rose.

»Sie haben diese Weihnachtsverkleidung an, oder? Ich habe Sie gesehen, vorgestern. Ihr Pferd, Cyrano …«

»Wir haben das vor drei Jahren zum ersten Mal ausprobiert, da kam mir die Idee. Sonst war im Winter nie viel los, die Touristen haben Angst, dass sie frieren. Da dachte ich mir, ich muss eine Aktion machen, für all die Leute, die Instagram haben und wie dieser Kram heißt. Die wollen doch Fotos von ungewöhnlichen Dingen. So ist Cyrano zu Weihnachten eben ein Elch, und ich bin Santa Claus, es gibt dicke Decken und Kunstschnee. Seitdem verdiene ich im Dezember dreimal so viel wie in einem durchschnittlichen Sommermonat. Die Leute sind verrückt. Ich habe Fotos von uns im Internet gesehen, in der ganzen Welt reden sie über uns. Sogar in Südkorea und Neuseeland, stellen Sie sich das mal vor!«

»Die Touristen lieben Sie also«, stellte Lacroix fest. »Doch mit dem Erfolg kommen auch immer die Neider. Sagen Sie, Attila, haben Sie eine Idee, wer Ihnen das angetan haben könnte?«

»Klar gibt es Neider. Es gibt noch zwei andere Kutscher oben auf dem Berg. Die machen im Winter Pause, weil sie nichts zu tun haben. Sie finden meine Idee zu kitschig. Es gibt viele, die nicht wollen, dass Montmartre zu einem kommerziellen Quartier wird, und mich manchmal beschimpfen. Andererseits: Montmartre ist schon seit Jahrzehnten kommerziell und touristisch. Und irgendwie müssen wir ja alle über die Runden kommen. Aber dass deshalb jemand mein Pferd umbringt? Das kann ich mir nicht vorstellen.«

»Danke, Monsieur Attila. Sie haben uns sehr geholfen.« Lacroix räusperte sich. »Ich muss Ihnen noch etwas sagen: Ihr Pferd wurde erstochen. Sind Sie sich sicher, dass Sie es noch mal sehen möchten? Es ist vielleicht nicht mehr der Cyrano, den Sie …«

Der alte Attila wurde blass, doch dann nickte er. »Ich will ihn sehen.«

»Gut. Capitaine Rio, bringen Sie Monsieur Attila in die Tiermedizin? Wir nehmen Roses Wagen ins Kommissariat. Danach treffen wir uns dort.«

Rio nickte und half Attila auf die Beine. Zusammen gingen sie aus dem Krankenzimmer. Rose und Lacroix blieben allein zurück und sahen sich lange und stumm an.

»Du erinnerst dich«, sagte Rose nach einer Weile.

»An das, was Serge Foll gesagt hat?«

»Genau daran«, sagte Rose mit Wut in der Stimme.

12

Ich kann jetzt nicht im Büro hocken. Und das Graffiti hat auch noch Zeit. Darf ich dich zum Frühstück einladen?«, fragte Lacroix.

»Gern«, sagte Rose.

Zehn Minuten später betraten sie das Café. Es lag an einer der steilen Treppen, die hinaufführten in den alten Kern von Montmartre. Es war warm, das Licht der runden Lampen verbreitete Gemütlichkeit, genau wie die alten Holzmöbel.

»Du isst immer noch fast alles, oder, *mon cher*?«

Lacroix nickte.

»Bringen Sie uns bitte zwei *café crème* und das Omelette mit Schinken, Käse und Steinpilzen. Dazu zwei *tartines. Merci beaucoup.*«

Der Kellner verschwand und brachte Augenblicke später die dampfenden Kaffeeschalen.

Immer noch rieb sich Rose die kalten Hände.

»Ihr Essen kommt sofort, Commissaire.«

Sie nickte dem Kellner zu und konnte sich schon wieder ein kleines Lächeln abringen.

»Du bist ein bunter Hund hier oben«, sagte Lacroix.

»Nun, meine Prominenz ist längst nicht so groß wie deine, mein Lieber. *Le Parisien* schickt eben nur einen seiner Schreiberlinge hierherauf, wenn es wirklich etwas zu berichten gibt. Sonst kommen wir bloß in den Bezirksnotizen vor. Aber in meinen Stammcafé sollte man mich schon kennen, ehrlich gesagt.«

Sie sah zur Tür, als drei Postboten hereinkamen und sich den Schnee von den Hosen klopften. Ihre Wagen hatten sie vor der Tür abgestellt.

»Du hast recht behalten, Lacroix. Was mit zwei scheinbaren Nebensächlichkeiten begonnen hat, ist plötzlich sehr ernst.«

»Du glaubst also auch, dass die drei Dinge zusammengehören?«

»Alles andere wäre doch ein abenteuerlicher Zufall.«

»Das denke ich auch, Rose.«

»Was meinst du, was das bedeutet?«

Er wollte gerade antworten, doch da stellte der Kellner schon die Teller und den Brotkorb vor ihnen ab. Darin waren kross getoastete Baguettescheiben und ein kleines Schälchen mit gesalzener Butter. Das Omelette war noch ganz flüssig, doch die Steinpilze darin waren kross angebraten. Lacroix schnitt das Ei an, und sofort lief der duftende Käse heraus. Er nahm den ersten Bissen, es war warm und würzig und wunderbar. Für die nächsten Minuten war am Tisch nichts zu hören außer dem Schmatzen der beiden Polizisten. Das frühe Aufstehen und der Schreck, der Horror des Todes, hatten sie zu bedürftigen Menschen gemacht.

Lacroix bestrich sich noch ein Stück von dem Baguette mit der cremigen Butter, dann sah er wieder auf.

»Es ist dein Bezirk, dein Fall, du entscheidest, aber …«

»Du meinst, dass wir nicht umhinkommen, dem renitenten Maler einen Besuch abzustatten?«

»Ja, das denke ich. Obwohl ich mich frage, ob er wirklich so dumm ist und mit uns darüber spricht, wie sehr er die Lichterketten, den Baum und die Kutsche hasst, ehe er zur Tat schreitet. Das ist doch Wahnsinn!«

»Er ist ein leidenschaftlicher Mann, vielleicht auch ein unberechenbarer. Und Gewalt ist ihm nicht fremd. Wenn du seine Akte mal ansehen möchtest …«

»Wir haben zudem die Aussage von Mademoiselle Troitteau. Sie hat zwei Leute wegrennen sehen. Vielleicht hatte er einen Komplizen.«

»Und dann, einen Tag später, die absolute Eskalation.«

»Gut, ich gehe nach oben und sehe mir das Graffiti an«, schlug Lacroix vor. »Dann sehe ich auf der Place du Tertre nach, ob Foll heute wieder aufgetaucht ist. Wenn ja, bringe ich ihn gleich mit. Das schaffe ich schon allein. Aber wenn nicht, dann müssen wir …«

»… in Folls Wohnung, ja. Ich muss das organisieren, dafür brauchen wir Verstärkung.«

»Soll ich Kräfte von unten nachziehen?«

»Das kriegen wir mit Bordmitteln hin. Ich habe eine Einheit der CRS, die mit den Autonomen aus dem Haus noch eine Rechnung offen hat.«

»Hauptsache, wir kriegen unseren Mann. Wir sehen uns im Kommissariat. Mit oder ohne Foll.«

Rose legte einen Geldschein auf das kleine rote Tellerchen, und als Lacroix zucken wollte, schaute sie ihn böse an.

»Mein Quartier, meine Rechnung, verstanden?«

»Sehr wohl, Commissaire.«

13

Wo ist denn die Stadtreinigung, wenn man sie braucht …« Kopfschüttelnd stapfte Lacroix die steile Treppe hoch zurück ins Herz von Montmartre. Nur ein kleiner Streifen war flach getreten, ansonsten waren die Stufen so hoch mit schwerem Schnee bedeckt, dass er sich am Geländer festhalten musste, um nicht auszurutschen. Unter dem Schnee war alles noch vereist. Wie machten das die alten Leute im Quartier?, fragte er sich. Für sie war es in diesen Tagen wohl besser, nicht aus dem Haus zu gehen.

Als er oben auf dem kleinen Square stand, der die Rue de la Bonne von der Rue Becquerel trennte, klopfte er erst mal mit kräftigen Tritten den Schnee ab, der seine Hose fast bis zum Knie bedeckte. Dann ging er die paar Schritte in Richtung Kirche, vorbei an den Klostermauern des alten Karmeliter-Konvents, des Carmel de Montmartre. Ein einsamer Polizist stand etwas ratlos im Schnee herum, hinter ihm erblickte Lacroix die schwarzen Schmierereien. Als er näher trat, salutierte der junge Mann.

»Commissaire?«

»Guten Morgen. Bewachen Sie das ganz allein?«

»Keine leichte Aufgabe«, sagte der Mann lächelnd. »Die Nonnen wollten es schon abwaschen, aber ich sollte auf Sie warten, hieß es.«

»Sehr gut, vielen Dank. Haben Sie Fotos gemacht?«

»Natürlich.« Der junge Mann holte sein Handy aus der Tasche. »Möchten Sie sie sehen?«

»Danke. Ich stehe ja genau davor.«

Er besah sich die schwarzen Schmierereien, die Schrift war liederlich, krakelig. Lacroix kratzte sich am Kopf.

Montmartre bleibt Montmartre – nicht Disneyland, stand da. Und darunter: *Die Stadt gehört den Armen* und eine Mauer weiter das allseits beliebte *ACAB* – »Alle Polizisten sind Bastarde« –, auf Englisch, versteht sich.

»Gibt es Zeugen?«, fragte Lacroix.

»Nein. So nahe am Kloster wohnt niemand. Aber meine Kollegen hören sich um. Schmierereien an einem Gotteshaus, das ist doch … Was sind das für Menschen?«

»Bewahren Sie sich diese Haltung, junger Mann«, sagte Lacroix.

»Dafür können die ins Gefängnis gehen, oder?«

»Dafür bräuchte es einen sehr gläubigen Richter, ehrlich gesagt.«

Der junge Polizist verstand nicht. Er schnaubte wütend. »Wäre gut, wenn es die verdammten Anarchos endlich erwischt.«

»Sie kennen die?«

»Jeder Polizist auf dem Berg kennt sie. Ich war auf genügend Demonstrationen von denen. Sie hassen uns und lassen es uns auch spüren.«

»Bitte bleiben Sie hier und bewachen Sie weiter das Kloster. Wenn die Nonnen die Graffiti abwaschen wollen, dann dürfen sie das natürlich. Ansonsten schicken wir die Stadtreinigung. Und … bitte senden Sie Ihre Fotos an das Kommissariat im Fünften.«

»*Bien sûr*, Commissaire. Ich wollte noch sagen«, der junge Mann stockte, »es ist eine Ehre, Sie kennenzulernen.«

»Es war mir auch eine Ehre, Sie kennenzulernen«, sagte Lacroix und lächelte sanft. »Gönnen Sie sich zwischendurch mal einen warmen Kaffee, sonst holen Sie sich hier den Tod.«

Er sah sich die Schmiererei noch einmal an, dann stapfte er davon. Er war nun wirklich finsterster Laune. Da gab es nur eine Möglichkeit: Er griff in seine Manteltasche und fluchte. Sie war leer. Er blickte auf seine Uhr, es müsste gehen. Natürlich kannte er die einschlägigen Geschäfte. Und gleich hier um die Ecke, in der Rue Lamarck, war einer der ältesten Pfeifenläden der Stadt. Ihm graute zwar davor, eine gänzlich neue Pfeife rauchen zu müssen, er bevorzugte seine schon jahrelang genutzten Modelle – aber es half ja alles nichts. Er ging die steile Straße entlang, die aufstieg bis zu dem Aussichtspunkt über der Stadt. Von Weitem schon sah er das Geschäft mit der roten Holzfassade. Dann erblickte er den heruntergelassenen Rollladen, daran hing nachlässig mit Klebeband befestigt ein weißes Schild: *Fermé pour les vacances de Noël* – Weihnachtsferien.

»Merde alors«, fluchte Lacroix entgegen seiner Gewohnheit. So traf es sich also, dass er von der Rue Lamarck eine weitere Treppe emporstieg. Sein Weg zur

Place du Tertre führte ihn zwangsläufig an Sacré-Cœur vorbei. Es hatte aufgeklart, sodass die ganze Stadt unter einem hellblauen Himmel vor ihm lag. Jetzt, wo es so kalt und klar war, erstreckte sich der Blick bis tief in den Süden, bis dorthin, wo die Vororte begannen. Es war ein Moloch, seine Stadt, aber ein wahnsinnig schöner Moloch.

Lacroix blickte sich um, der Platz war belebter als beim letzten Mal. Es schien, als hätten sich die Touristen an die Kälte gewöhnt und trotzten ihr nun – der Sehenswürdigkeit zuliebe. Doch etwas war merkwürdig: Die Tore in dem schmiedeeisernen Zaun rund um die Kirche waren geschlossen. Dort, wo sonst die Besucherschlange oft bis vor das Portal reichte, herrschte Leere. Lacroix trat interessiert einen Schritt näher, jetzt sah er das Schild, das an dem Zaun befestigt war.

Aus organisatorischen Gründen fällt der heutige Gottesdienst mit Sœur Amélia aus.

Nur diese kurze Notiz, keine weitere Erklärung. Merkwürdig.

Lacroix wandte sich wieder ab, er hatte eine andere Aufgabe. Er ging die schmalen Gassen entlang, ihm kam ein Strom dick vermummter Menschen entgegen, Chinesen, vielleicht auch Japaner, es war in den aufgeplusterten Jacken, die sie zu Michelin-Männchen machten, und unter dicken Wollmützen schlicht nicht zu erkennen. Er bog um die Ecke zur Place du Tertre, unter den großen Bäumen standen die Maler wie jeden Tag, auch in diesem dichten Schnee. Vor den Staffeleien saßen junge Paare und einzelne Frauen Modell. Nur die Tische vor den Restaurants waren verwaist.

Lacroix ging einmal um den Platz herum und blieb dort stehen, wo sonst eine lange Schlange auf Serge Foll wartete. Doch es war, wie er erwartet hatte: Kein Mensch stand hier heute, und auch von dem Maler selbst fehlte jede Spur. Lacroix war es, als hielten auch die anderen Maler respektvoll Abstand zu Folls Platz. Er ging ein paar Stände weiter, wo eine Frau mit grauen kurzen Haaren, die wild vom Kopf abstanden, rauchend auf Kunden wartete.

»*Excusez-moi*, Madame«, sagte er. »Ich bin extra nach Paris gekommen, um mich von Serge Foll malen zu lassen. Ist er heute nicht da?«

»Commissaire«, sagte sie, und ihre Augen blitzten, »glauben Sie wirklich, ich würde Sie nicht erkennen?«

Er zuckte mit den Schultern und verfluchte die verdammte Presse. Früher hatte er darauf geachtet, dass es nur wenige Fotos von ihm gab und er sich einigermaßen unerkannt durch die Stadt bewegen konnte. Die ganze schöne Anonymität war mit dem Zeitalter der Fotohandys dahin.

»Verzeihen Sie, Madame. Bitte, sagen Sie mir, wo er ist?«

»Foll? Er arbeitet immer. Jeden Tag, sieben Tage die Woche, 364 Tage im Jahr. Bis auf den 1. Mai. Tag der Arbeit. Ich habe also wirklich keine Ahnung, wo er steckt. Seit zwei Tagen ist er nicht mehr aufgetaucht. Ich mache mir auch schon Sorgen, ehrlich gesagt. Aber gut, er ist ein alter Haudegen. Ihm wird wohl nichts passiert sein. Vielleicht hat er zum ersten Mal den ständigen Suff nicht vertragen.«

»Seit zwei Tagen ist er also weg?«

»Keine Spur von ihm seit gestern Morgen. Und auch wenn ich auf seine Gesellschaft gern verzichte, wünschte ich, er wäre hier. Die Kunden bleiben weg.«

»Vielen Dank, Madame.«

»Gern, Commissaire. Beehren Sie mich bald wieder, Sie haben ein gutes Gesicht für Karikaturen.«

»Danke, was für ein schönes Kompliment.«

Sie lachten sich an, dann ging Lacroix weiter. Er schüttelte den Kopf, er hätte es lieber einfacher gehabt. Doch so trat er in das Restaurant, in dem er vor zwei Tagen mit Rose gewesen war. Eben musste eine Busladung angekommen sein, denn jeder Tisch war besetzt, und die Kellner trugen weiße Suppenschüsseln mit Zwiebelsuppe, die dick mit Käse überbacken war. Er trat an den Tresen und musste einige Minuten warten, bis jemand auf ihn aufmerksam wurde.

»Darf ich telefonieren?«, fragte er den Barmann endlich.

»*Bien sûr*, Commissaire«, sagte dieser und reichte ihm das Festnetztelefon, das hinter der Bar stand.

Lacroix wählte die Nummer des Kommissariats vom 18. Arrondissement, jetzt hatte er sie sich schon eingeprägt.

»Violet?«

»Rose, ich hoffe, du hast die CRS-Einheit schon vorgewarnt.«

»Er war nicht oben?«

»Seit gestern Morgen hat ihn niemand mehr gesehen. Ich komme runter, und wir treffen uns …«

»Das dauert mir zu lange«, unterbrach sie ihn. »Wir holen dich ab, vor dem Busparkplatz von Sacré-Cœur. In zehn Minuten. Bis gleich.«

Sie hatte schon aufgelegt. Er verabscheute Einsätze mit Spezialeinheiten und verzichtete wann immer möglich darauf, aber das tote Pferd schien Rose so schockiert zu haben, dass sie sich nicht anders zu helfen wusste. Schockiert und überrascht.

»Ein kleines Bier, bitte«, sagte er zum Barmann, der am Zapfhahn stand und nickte.

Noch eine kleine Stärkung, bevor der ganze Zirkus begann. Sein Blick fiel auf die aktuelle Ausgabe des *Parisien. Merde*. Er hatte gar nicht mehr an Romy Schneider gedacht. Die Überschrift auf der Titelseite sprach Bände:

Der zweite Streich: Weihnachtshasser fällen Christbaum – Paris' neuer Maigret ratlos!

Er wollte zur Zeitung greifen, doch dann überlegte er es sich anders und griff stattdessen zum Glas. Diese kurze Verschnaufpause wollte er sich nicht von derlei Unsinn vermiesen lassen.

14

Es waren zwei Mannschaftswagen der Festnahmeeinheit CRS, die hinter Roses Zivilfahrzeug warteten. Die Männer darin trugen dicke Uniformen und schauten grimmig aus den vergitterten Fenstern.

Lacroix beneidete diese jungen Leute ganz und gar nicht. Sie mussten immer den Kopf hinhalten, bei jeder Demonstration, ob von links oder rechts, von Salafisten oder Bauern, von Gelbwesten oder tibetischen Mönchen. Und immer wurden sie zum Feindbild erklärt, außer vielleicht von den tibetischen Mönchen. Es war ein harter Job, schlecht bezahlt, mit viel zu vielen Überstunden.

Er nickte den Männern zu, und sie grüßten zurück.

Rose stand neben ihrem Wagen, eine Kippe glomm in ihrer Hand.

»Geht's dir wieder besser, *ma chère*?«, fragte Lacroix mit Blick auf ihre Zigarette.

»Ich schlage mich so durch«, gab Rose zurück. »Aber ich habe dich die ganzen Tage noch nicht rauchen sehen.«

»Frag nicht«, sagte Lacroix.

»Wir sollten dann los.« Sie stieg auf der Fahrerseite ein, Lacroix quetschte sich neben sie. Sie fuhr an, und er sah aus dem Rückspiegel, wie sich auch die beiden Mannschaftswagen in Bewegung setzten. Sie fuhren den Berg hinunter, es ging zügig, Rose hatte das Blaulicht aufs Dach gesetzt. Die Autos vor ihnen fuhren halb auf den Bürgersteig, die Kolonne machte Eindruck. An der Metrostation Anvers bogen sie auf den Boulevard Rochechouart ein, fuhren vorbei am Billigkaufhaus Tati, wo die Frauen ihre leeren Einkaufswagen hineinschoben und andere die vollgefüllten wieder heraus. An der Kreuzung von Barbès bogen sie links ab, um dann verkehrt herum durch die Einbahnstraße in die Rue de la Goutte d'Or zu fahren und mitten auf der schmalen Straße zu halten.

»Na, das ist ja mittendrin«, sagte Lacroix, der die genaue Adresse vorher nicht gekannt hatte. Die Rue de la Goutte d'Or war eine schmale Marktstraße, in der die zumeist nordafrikanischen Händler aus ihren Läden heraus Lebensmittel verkauften. So standen sie nun alle draußen auf dem Gehsteig, der Berber vor seiner *boucherie* neben dem Schwarzafrikaner, der Gemüse feilbot, und sahen die Polizisten feindselig an, die in voller Kampfmontur aus den Autos stiegen.

»Hausnummer 46«, sagte Rose und zeigte auf einen alten vierstöckigen Bau aus der Haussmann-Ära, der etwas zurückgesetzt neben all den sechsgeschossigen Betonklötzen stand. Die hohen Fenster wiesen auf eine feine Bauart hin, auf Patina und Geschichte. An die Fassaden waren Parolen gesprayt worden: *Paris ist links* stand da und *Freiheit Gleichheit Brüderlichkeit.* Es waren genau diese Gebäude, in denen die Stadt günstige Wohnungen für Künstler bereithielt, für Literaten, Bildhauer und Maler.

»Dritter Stock«, wies Rose die Männer an, die daraufhin mit einem kleinen Werkzeug die Haustür öffneten und hineinstürmten. Drei Männer blieben bei den Autos, für alle Fälle. Rose und Lacroix folgten den anderen ins Treppenhaus. Es war staubig, aber nicht dreckig. Die Wände waren bemalt, doch es waren keine Graffiti, es war fast kunstvoll, riesige Bilder, die jeweils über ein ganzes Stockwerk gingen, bunt und ausladend. Ein kleines Wunder in diesem Flur, in dessen Ecken Staubmäuse lebten. Es roch nach Schimmel und Feuchtigkeit.

In der dritten Etage hielten die Männer in Kampfmontur einen Moment inne, schauten sich an, stimmten sich ab. Zwei hielten sich zurück, der dritte betastete erst die Tür, dann nickte er, nahm Anlauf und sprang mit seinem Stahlkappenstiefel voran. Die Holztür brach aus den Angeln und fiel nach hinten, die Männer stürmten mit gezogenen Waffen in die Wohnung. Lacroix war dicht hinter ihnen. Zwei rannten in den ersten Raum rechts, einer rief »Bad sicher«. Dann weiter, links wieder, der andere rief »Zimmer sicher!«.

Gerade als sie weiterlaufen wollten, die Waffen im Anschlag, trat hinten, ganz am Ende des langen Flures, eine junge Frau aus dem Dunkel. Sie hielt die Hände hoch und rief: »Hier, kommen Sie hierher!«

Die Polizisten rannten vorwärts, sicherten aber dennoch nach links und rechts alle Türen ab. Es war eine riesige Wohnung. Die Polizisten drängten die junge Frau an die Wand, die immer wieder etwas rief, was Lacroix nicht verstand. Rose und Lacroix folgten ihnen in einigem Abstand, da hörten sie schon den Ruf: »Ambulanz!«

Sie betraten einen riesigen Salon, die Decken hoch, als wäre es ein kleines Château, stuckverziert, ausladend und wunderschön, in der Mitte ein glänzender Kronleuchter. Ja, *gauche caviar*, das passte, dachte Lacroix. Auf dem Boden weiß gestrichene Dielen, ein alter, mit Ornamenten verzierter Ofen in der Ecke. Lacroix registrierte all das in Sekundenbruchteilen, ehe sein Blick auf den Mann fiel: Er saß auf einem Stuhl, war gefesselt, der Kopf zur Seite geneigt, als wäre er tot, die Augen geschlossen, das Gesicht blutüberströmt. Neben ihm auf dem Boden lag ein langes Messer, die Klamotten voller Blut. Es war Serge Foll, Lacroix hatte keinen Zweifel, und neben ihm stand ein junger Mann, etwa so alt wie die Frau. Nun verstand er, was sie wimmerte.

»Er wollte mich töten!«

Ein Polizist hielt sie fest, und sie drehte sich immer wieder um, suchte Lacroix' Blick. Er sah sie an, ihr langes blondes Haar, die markanten blauen Augen. Er gab dem Polizisten ein Zeichen, sofort ließ er die Frau los. Sie war attraktiv, sehr attraktiv sogar, genau wie der junge Mann, der eben von einem Polizisten abgeführt wurde. Lacroix ging auf Serge Foll zu, fühlte seinen Puls, er war da, stark und heftig pumpte sein Herz, er lebte, Gott sei Dank.

Was, verdammt, war hier passiert?

15

Der Notarzt hatte Serge Foll vor Ort behandelt, der Maler war jedoch noch nicht wieder bei Bewusstsein und musste sofort ins Krankenhaus. Ein Verhör am heutigen Tag? Der Mediziner hatte den Kopf geschüttelt: undenkbar.

Sie hatten sich schnell geeinigt. Der junge Mann wurde zu Rose aufs Kommissariat gebracht, die junge Frau zu Lacroix. Sie hatten die beiden sofort getrennt, um sie unabhängig voneinander befragen zu können. Zudem hatte Lacroix Rio beauftragt, mehr über sie herauszufinden.

Lacroix entschied sich, die Frau ein wenig schmoren zu lassen und sich um etwas zu kümmern, das ihm den ganzen Tag keine Ruhe gelassen hatte. Deshalb nahm er noch mal den Weg auf sich, immer steil bergan, bis er nach zwanzig Minuten den höchsten Punkt der Stadt erreicht hatte. Es war nun schon Nachmittag geworden, der Himmel war tiefblau. Noch stand die Sonne hoch am Himmel, in knapp einer halben Stunde würde sie hinter dem Häusermeer verschwunden sein.

Immer noch waren viele Menschen hier oben. Er beobachtete eine Weile, wie immer wieder Einzelne an den Zaun herantraten, das Schild lasen und kopfschüttelnd gingen. Auch er ging ein Stück an die Kirche heran. Wie gern hätte er eine Pfeife geraucht, während er wartete. Doch schneller als erwartet öffnete sich das Portal, und einer der Wächter, die sonst drinnen die Touristen zur Ordnung riefen, trat hinaus, um nach dem Rechten zu sehen.

»*Excusez-moi*«, rief Lacroix.

»Ist geschlossen«, sagte der Mann klar und deutlich, doch Lacroix ließ nicht locker, sondern holte seinen Ausweis aus der Tasche.

»Polizei«, sagte er, und das Wort verfehlte seine Wirkung nicht. Mit schnellem Schritt trat der Mann auf ihn zu, nahm einen riesigen Schlüsselbund aus seiner Hosentasche und schloss ein kleines Tor auf.

»Ja, Monsieur?«

Lacroix wusste, dass er auf der anderen Seite des Zauns eigentlich keine Befehlsgewalt mehr hatte – sie oblag der katholischen Kirche. Statt Frankreichs Polizei hatte hier der Priester von Sacré-Cœur das Sagen, und damit sozusagen nur noch die vatikanische Polizei. Doch so weit würde es wohl nicht kommen.

»Entschuldigen Sie die Störung. Mein Name ist Lacroix, ich leite das Kommissariat des fünften Arrondissements.«

»Ihren Namen kenne ich wohl, Monsieur le Commissaire. Aber was machen Sie hier oben, und wie kann ich Ihnen helfen?«

»Ich ermittle in einem anderen Fall auf dem Berg und war zufällig in der Nähe. Da habe ich gesehen, dass der Gottesdienst mit Sœur Amélia abgesagt wurde, und mich gefragt, wieso.«

Der Mann wirkte von einem Moment auf den anderen vorsichtig, er wandte sich mehrfach um, als prüfe er, ob sie belauscht wurden.

»Kommen Sie herein, bitte.«

»Was ist denn passiert?«, fragte Lacroix, plötzlich alarmiert.

»Es ist besser, Sie reden mit unserem Vorsteher darüber. Kommen Sie, Commissaire, ich hätte es ohnehin für besser gehalten, wenn wir die Polizei ...«, er verstummte und reichte Lacroix die Hand. »Mein Name ist Paillet, ich bin der Sicherheitschef der Kirche. Ich bringe Sie zu Prêtre le Cournier.«

Paillet führte Lacroix die Stufen hinauf und durch das breite hölzerne Portal hinein in die Kirche, die völlig verwaist war. Es war beinahe gänzlich dunkel, nur ein paar Kerzen am Altar brannten, das Kirchenschiff lag in tiefem Schwarz. Lacroix hielt den Atem an. So hatte er Sacré-Cœur noch nie gesehen. Die Würde des heiligen Ortes berührte ihn – völlig ohne Menschen, schien der Jesus an der Decke nur ihn zu umarmen.

»Bitte«, sagte der Sicherheitschef, und sie gingen die leeren Reihen entlang. Erst kurz vor dem Altar erkannte er den Mann in der weißen Soutane, der in der ersten Reihe saß und den Kopf gesenkt hielt.

»Warten Sie einen Moment. Ich muss telefonieren, verzeihen Sie.«

Lacroix nickte, dankte dem Mann und nahm in einer Bank zwei Reihen hinter dem Priester Platz. Er spürte, wie sich augenblicklich sein Atem beruhigte und die Wärme der Kirche sich in seinem Körper ausbreitete. Kurz blickte er sich um, alles war vorbereitet für den

Gottesdienst, der eigentlich in wenigen Stunden beginnen sollte. Er schaute hinauf in die Kuppel, die Reste des Tageslichts zurückwarf, dann senkte auch er den Kopf und begab sich in tiefe Kontemplation, wie jedes Mal, wenn er in einer Kirche war. Erst als er Geräusche hörte, hob er den Kopf wieder. Der Priester war aus seiner Bank getreten und strich die Soutane glatt, dann kniete er sich in Richtung Altar noch einmal hin und erwies dem Kreuz seine Ehre. Erst danach wandte er sich zu Lacroix um.

Er war ein hochgewachsener Mann mit schütterem grauem Haar, auf der markanten Nase saß eine randlose Brille, dahinter große blaue Augen, die den Kommissar neugierig ansahen.

»Ja, Monsieur?« Der Priester trat auf Lacroix zu.

»Entschuldigen Sie die Störung, Hochwürden. Ich bin Commissaire Lacroix, der Leiter …«

»Der Leiter der Brigade criminelle unten in der Stadt«, sagte der Priester leise lächelnd. »Und wenn ich es richtig zusammenbringe, außerdem der Bruder unseres wunderbaren Freundes Prêtre Pierre-Richard. Ist es nicht so, Commissaire?«

»Ganz richtig«, sagte Lacroix. »Pierre-Richard ist mein Bruder.«

»Wie geht es ihm? Ich habe ihn seit der letzten Diözesansitzung nicht mehr gesprochen.«

»Es geht ihm sehr gut«, sagte der Commissaire und wunderte sich zugleich über seine spontane Antwort, weil ihm auffiel, dass er das gar nicht mit Sicherheit sagen konnte. Er hatte Pierre-Richard seit drei Tagen nicht gesehen. Sonst trafen sie sich mitunter mehrfach am Tag im Chai de l'Abbaye. Dieser vertrackte Fall hatte ihn ganz aus seiner Routine gerissen. Kurz fragte er sich, wen er länger nicht gesehen hatte: Pierre-Richard oder seine Pfeife. Und dann ärgerte er sich sogleich über diesen kindischen Gedanken.

»Monsieur le Prêtre, verzeihen Sie, dass ich hier so reinplatze. Weder ist es mein Quartier noch habe ich in Ihrem Haus das Recht, Fragen zu stellen. Aber ich kann mich nicht erinnern, dass Sacré-Cœur jemals geschlossen war. Und auch, weil der Gottesdienst groß angekündigt war und nun so kurzfristig abgesagt wurde, würde mich sehr interessieren, was eigentlich passiert ist.«

Der Priester berührte Lacroix sanft am Arm. »Bitte nehmen Sie doch Platz«, sagte er, und so setzten sie sich nebeneinander in die Reihe, in der Lacroix eben schon gesessen hatte.

»Hören Sie, Commissaire, es ist eigentlich nichts, was ich mit der Polizei besprechen möchte. Andererseits kenne ich Ihren Bruder gut und schätze ihn als sehr klugen und außerordentlich vertrauenswürdigen Mann. So nehme ich also an, dass ich dieses Vertrauen auch Ihnen entgegenbringen kann.«

»Selbstverständlich«, beeilte Lacroix sich zu sagen, nachdem der Priester ihn eine Weile still angeschaut hatte.

»Glauben Sie mir, auch ich habe in meiner Zeit im Amt, und das sind nun schon mehr als zwanzig Jahre, die Kirche noch nie schließen lassen. Sie wissen es sicher, sogar in der Nacht hat das *Heilige Herz* geöffnet, zu jeder Stunde sind Gläubige hier und beten den Herrn an. Deshalb ist das ein wirklich ungewöhnlicher Vorgang, aber er erschien mir nötig, damit wir endlich Klarheit haben, auch wenn ich weiß, dass das alles wahrscheinlich nur ein verfahrener Irrtum ist.«

»Nun sagen Sie schon, was passiert ist.«

»Sie ist verschwunden.«

Lacroix brauchte kurz, bis er verstand. »Sœur Amélia ist verschwunden?«

Der Priester nickte.

»Aber wie kann das sein?« Lacroix hatte gelesen, dass sie nur für kurze Zeit in Paris sein würde und den für heute geplanten Nachtgottesdienst und den Abendgottesdienst am Heiligen Abend abhalten sollte.

Der Priester wandte sich dem Commissaire zu, doch Lacroix konnte den Ausdruck in seinem Gesicht nicht richtig lesen. »Ich weiß es nicht.«

Lacroix rutschte noch ein Stück näher, weil es ihm merkwürdig erschien, im Gotteshaus laut zu sprechen. »Sie wirken dennoch nicht besorgt. Denken Sie denn gar nicht an ein Verbrechen?«

»Nein!«, rief der Priester laut, beinahe schien er aufstehen zu wollen. Er hob die Hände und sah kurz in die Kuppel. »Wo denken Sie hin? Kein Verbrechen.« Dann senkte er die Stimme wieder. »Sœur Amélia ist eine ganz und gar außergewöhnliche Frau. Sie wird nicht umsonst die neue Mutter Teresa genannt. Sie ist in allen Teilen der Welt geschätzt, bei den Ärmsten in Afrika und Lateinamerika aber hat sie den Status eines

Superstars. Ich denke ... das hat auch einige Allüren verursacht. Allein die Planung der Festlichkeiten – das war, als wenn Sie mit Angelina Jolie verhandeln. Verzeihen Sie bitte meine Weltlichkeit.« Er blickte sich um, seine Worte waren für wirklich niemand anderen bestimmt. Aber die Kirche war abgesehen von ihnen noch immer menschenleer. »Wissen Sie, wir sind ohne Frage in der schönsten Kathedrale der Stadt, bitte sagen Sie es nicht Ihrem Bruder. Und dennoch haben wir nur begrenzte Möglichkeiten. Als sie ankam, war sie in sehr guter Verfassung, sie ist alt, gewiss, aber Sœur Amélia hat eine Konstitution, davon kann ich nur träumen. Wie eine strenge englische Lady. Ich habe sie im Kloster unterbringen lassen, aber als sie die Kemenate gesehen hat, die wir ihr zugedacht haben, da hat sie doch ziemlich die Nase gerümpft. Was soll ich denn machen? So sieht es eben aus in der katholischen Kirche. Wir sind einfache Leute.«

Er stockte für einen Moment, als wolle auch er die Bilder des Pomps und all des Goldes abschütteln, die zu hohen Festtagen aus dem Vatikan über die Bildschirme strahlten. Doch er hatte recht: Die Priester der französischen Gemeinden hatten zwar prachtvolle Gotteshäuser, doch sie selbst lebten oft bescheiden in kleinen Wohnungen. Auch bei Pierre-Richard war es nicht anders.

»Und es gibt noch eine andere Möglichkeit: Sœur Amélia kommt ja ursprünglich aus der Provence. Vielleicht hat sie das Heimweh gepackt, sie war jetzt fast sieben Jahre lang ununterbrochen auf Reisen. Wer könnte es ihr verübeln, wenn sie ihre alte Heimat hätte wiedersehen wollen?«

»Woher stammt sie?«, fragte Lacroix immer noch beharrlich.

»Aus einer kleinen Gemeinde bei Aix-en-Provence. Ich muss in meinen Unterlagen nachschauen, da steht es genau.«

»Gut, ich danke Ihnen, Prêtre. Würden Sie mir den Ort freundlicherweise durchgeben? Meine Kollegen warten im Hôtel de Police des fünften Arrondissements darauf. Dann können wir die Sache abschließen. Ich hoffe allerdings, dass der Gottesdienst am Heiligen Abend stattfinden wird – mit Sœur Amélia.«

»Das hoffe ich auch. Und ich werde die Kirche gleich wieder öffnen lassen. Wir wollten nur gründlich nach ihr suchen, um sicherzugehen, dass sie sich nicht in der Krypta verirrt hat. Nun aber wollen wir allen Gerüchten vorbeugen, der heutige Nachtgottesdienst findet statt, so schlicht wie an jedem anderen Tag.«

»Einen guten Abend, Monsieur.«

»Ihnen auch, Commissaire. Und Gottes Segen.«

Lacroix stand auf, bekreuzigte sich und trat mit einem merkwürdigen Gefühl hinaus in den Pariser Abend. Er war nicht einen Deut schlauer als vorher. Aber dann sah er, dass es erneut begonnen hatte zu schneien.

»Es ist nicht zu glauben«, sagte er und konnte sich doch des Eindrucks nicht erwehren, dass der Anblick auch am dritten Tag in Folge immer noch wunderschön war.

16

Der Verhörraum des Kommissariats *rive gauche*, dem Lacroix vorstand, befand sich im Keller. Er hatte es sich auf dem Weg dorthin zur Gewohnheit gemacht, statt des in die Jahre gekommenen Fahrstuhls die Treppe zu nehmen, vorbei an der stets geöffneten Tür des Polizeimuseums. Im ersten Stock war deutlich mehr Betrieb: Hier saßen diejenigen, die wegen kleinerer Delikte vorläufig festgenommen wurden, andere warteten auf eine Anzeige oder Zeugenaufnahme. Zahlreiche uniformierte Polizisten liefen kreuz und quer über die Flure, die Etage glich einem Taubenschlag.

Im Erdgeschoss, dort, wo bewaffnete Beamte den Eingang zum Kommissariat sicherten, gab es eine massive Tür. Lacroix gab den vierstelligen Code ein und nahm die steile Treppe hinab in die Katakomben des Betonbunkers. Ein langer Flur, eine Tür reihte sich an die andere.

Er wusste, dass Rio ihm seine *Klienten* immer in denselben Raum setzte. So öffnete er die vorletzte Tür auf der rechten Seite und trat ein. Die junge Frau sah auf, und ein flüchtiges Lächeln zeigte sich auf ihrem Gesicht. Lacroix spürte, dass sie versuchte, die Fassung zu bewahren. Der Commissaire wusste, wie einschüchternd ein Verhörraum auf die wirkte, die noch nie mit dem Gesetz in Konflikt gekommen waren.

»Bonjour, Mademoiselle Joly«, sagte er und nahm ihr gegenüber Platz, wie er es immer tat. Dieser Stuhl, auf dem er schon so viel ertragen musste: Lügen, Ausflüchte, Entschuldigungen, Tränen, reuevolle oder eiskalt vorgetragene Geständnisse. Er legte die Akte auf den Tisch, die Rio ihm vorbereitet hatte.

Caroline Joly, geboren 1996 in der Nähe von Calais. Studentin der Politikwissenschaften an der Sorbonne. Der Vater Autobauer bei Renault, die Mutter Hausfrau. Sie hat bei ihren Eltern in einfachen Verhältnissen in Douai gelebt, bevor sie zum Studium nach Paris gezogen ist. Keine Vorstrafen, keine Auffälligkeiten. Auch keine Hinweise auf radikale Bestrebungen.

Patrick Hollande, geboren 1990 in Nizza. Jurastudent an derselben Uni. Die Eltern hatten ein Eisenwarengeschäft in Nizza. Keine Vorstrafen, keine Auffälligkeiten.

Eine dürftige Ausbeute.

»Commissaire?«, fragte sie und blickte ihn mit gesenktem Kopf an. War sie wirklich schüchtern, oder sollte das kokett sein? Lacroix wusste es für einen Moment nicht. Die langen blonden Haare umrahmten ihr Gesicht, das voller Sommersprossen war. Sie hielt ihre blauen Augen fest auf ihn gerichtet.

»Mademoiselle, ich muss sagen, wir waren etwas überrascht von der Situation, die wir in der Wohnung vorgefunden haben. Wir kamen eigentlich, um Monsieur Foll abzuholen, mindestens einmal für eine Befragung. Es geht um die Vorfälle, die in den letzten vier Nächten auf dem Montmartre geschehen sind. Und dann finden wir dieses … Blutbad vor.«

Er sah, wie ihr die Röte ins Gesicht stieg, ihre Hände umschlossen so fest die Tischkante, dass die Knöchel weiß hervortraten.

»Es war so schrecklich. Also, natürlich nicht alles. Serge, er …« Sie stotterte, schien sich sortieren zu wollen. Offenbar hatten die Stunden in dem leeren Verhörraum sie noch unruhiger werden lassen. »Wir wussten ja, dass er gegen das Kapital ist und gegen das, was die Stadt und die Konzerne aus Paris machen. Wir sind da auch seiner Meinung, ich ganz besonders. Deshalb habe ich wegen der Lichterketten nichts gesagt. Der Weihnachtsbaum und das Kloster …«, sie sah versonnen auf einen Punkt hinter Lacroix, »… das war beides schon etwas anderes. Wissen Sie, Commissaire, mein Vater ist sehr gläubig. Es wäre ihm sicher nicht recht, wenn er wüsste, dass seine Tochter … Aber dann … ich liebe Tiere. Und dass das geschehen ist, das ist wirklich …«

Sie sah blass aus. Blass und schockiert, dunkle Schatten unter den Augen.

»Dass er einem Pferd so etwas antut, das hätte ich niemals erwartet. Wissen Sie, Patrick ist ein Kommilitone, wir haben oft zusammen rumgehangen in der Uni und waren auch zusammen bei Serge, bei einem seiner zahlreichen *apéros*. Das war lange bevor Serge und ich ein Paar geworden sind. Deshalb habe ich ihn um Hilfe gebeten, um Serge zu stoppen.«

»Sie sagen also, Serge Foll ist verantwortlich für all das? Bis hin zu dem Anschlag auf das Kutschpferd in der Rue Lepic?«

»Für all das …«

»Ihr Partner Serge Foll.«

»Mein Verlobter.«

»Ihr Verlobter?«

»Wir haben uns vor einigen Wochen verlobt.«

»Er ist«, Lacroix überlegte, was er vorhin gelesen hatte, »über vierzig Jahre älter als Sie, Mademoiselle Joly?«

Sofort änderte sich ihr Blick, ein leichtes Lächeln umspielte ihre Mundwinkel. »Na, hören Sie mal, wir leben doch nicht im Mittelalter. Sicher, in der Welt der Beamten ist das ungewöhnlich. Aber dort draußen«, sie wies auf die dicken Mauern des Verhörraums, »da ist Paris. Da sind die Literaten und Studenten und die Künstler, und ich übertreibe wohl nicht, wenn ich sage, dass Serge einer der bedeutendsten unter ihnen ist. Haben Sie seine Bilder gesehen, Monsieur? Er ist ein Zauberer mit dem Pinsel. Und ein sehr leidenschaftlicher Mann, der eine große Anziehungskraft auf Frauen hat. Ich bin ein Glückskind, dass er ausgerechnet mich auserwählt hat.«

Lacroix spürte eine innere Unruhe, stand auf und begann im Raum auf und ab zu gehen. Besser hätte er sitzen bleiben und ihr Gelassenheit vorgaukeln sollen. Aber er konnte es nicht.

»Wie sind Sie darauf gekommen, was er vorhatte?«

»Ach, seit ich ihn kenne, war es das immer gleiche

Mantra: Paris verändert sich – doch Montmartre soll bleiben, wie es immer war. Als der neue Bürgermeister ins Amt gewählt wurde, Anfang des Jahres, da hat es angefangen in ihm zu brodeln. Da haben wir gerade unsere Affäre begonnen. Wir haben oft darüber gesprochen, dass man etwas tun müsse. Als sie dann vor drei Wochen angefangen haben, auch noch seinen Platz zu verschandeln, ausgerechnet gesponsert von dieser Atomkraftlobby, da hat er den Plan gefasst. Er hat mir erzählt, dass er die Lichterketten stehlen will. Aber ich habe ihm nicht helfen wollen. Ich hatte Angst, dass ich meinen Studienplatz verliere. In der Nacht darauf bin ich ihm gefolgt – und da sah ich die Sache mit dem Weihnachtsbaum. Ich wollte ihn noch davon abhalten, aber es war schon zu spät. Nur das mit dem Pferd, ich hatte keine Ahnung, wie weit er gehen würde.«

»Wie haben Sie davon gehört?«

»Waren Sie gerade auf dem Montmartre? Es gibt kein anderes Gesprächsthema.«

»Was haben Sie gemacht, als Sie davon erfuhren?«

»Ich hatte schon morgens eine Vorlesung. Ich war unruhig, weil Serge in der Nacht nicht nach Hause gekommen war. Also habe ich von der Sorbonne aus die Metro genommen und bin wieder in die Wohnung gefahren. Auf dem Weg dahin sprachen die Menschen schon von dem Angriff auf den Kutscher und das Pferd.« Sie stockte und schloss die Augen, als sähe sie alles vor sich. »Ich hatte Angst, schreckliche Angst. Vor Serge. Vor seiner Wut. Ich habe Patrick informiert, und wir sind zusammen in die Wohnung. Serge war total betrunken. Ich habe … ich habe ihn zur Rede gestellt, habe ihm gesagt, dass er mich so verlieren wird. Da ist er ausgeflippt. Er habe das alles für mich gemacht, hat er geschrien, und für sein Quartier. Und nun wolle ich ihn verlassen. Er ist auf mich los, er hatte auf einmal dieses Messer in der Hand. Und dann …«

»Was ist dann passiert?«, fragte Lacroix leise.

»Ich habe Patrick nur aus dem Augenwinkel gesehen. Er hat sich auf Serge gestürzt, das Messer flog durch die Luft. Dann gab es einen Schlag, und Serge lag am Boden. Wir haben ihn gefesselt, wir wollten nicht, dass er aufwacht und uns etwas antut. Wir wollten gerade den Rettungsdienst und die Polizei anrufen, als Sie die Wohnung gestürmt haben.«

»Und er hat es zugegeben? Dass er das Pferd getötet hat?«

»Meinen Sie, die Situation wäre sonst so eskaliert, Commissaire?«

»Ich danke Ihnen, Mademoiselle Joly.«

»Was passiert nun mit mir?«

»Sie müssen hierbleiben, nur für eine Nacht, bis wir Monsieur Foll befragen konnten. Aber keine Sorge, Sie müssen nicht in eine Gefängniszelle. Wir haben einen Raum für Zeugen, da gibt es ein richtiges Bett. Tut mir leid, aber es geht leider nicht anders.«

Sie sah ihn beunruhigt an, dann nickte sie. »Gut. Aber informieren Sie mich bitte, wie es Serge geht? Ich wollte nicht, dass er verletzt wird.«

»Das mache ich, Mademoiselle.«

Er trat aus dem Raum und bat den Uniformierten vor der Tür, die Zeugin in das Zimmer zu bringen. Dann stieg er die Treppe wieder hinauf und ging in sein Büro. Rio saß an ihrem Schreibtisch und bemerkte ihn nicht. Auf dem Bildschirm waren Kleidungsstücke zu sehen. Lacroix räusperte sich. Sie zuckte zusammen, und ihre Finger bewegten die Maus, sodass das Fenster auf dem Bildschirm wechselte.

»Verzeihen Sie, Commissaire. Ich suche ein schönes Geschenk für Cynthia.«

»Alles gut, Capitaine. Es ist ja bald Weihnachten. Können Sie bitte Commissaire Violet anrufen? Ich würde sie gern sprechen.«

»Selbstverständlich.« Nach einer Weile reichte ihm Rio den Hörer.

»Rose, wie geht es dir?«

»Gut. Er ist ein äußerst attraktiver junger Mann, dieser Patrick. Solche Verhöre führe ich gern.«

Lacroix hörte sie mit ihrer rauchigen Stimme lächeln. »Was hat er gesagt?«

Es stellte sich heraus, dass Patrick Hollande exakt die gleiche Aussage gemacht hatte. Lacroix erzählte ihr kurz von Caroline Joly und erwähnte zudem die Verlobung. Dann verabschiedeten sie sich und legten auf.

»Capitaine Rio?«

»*Oui?*« Sie sah auf.

»Was ich Sie noch fragen wollte: Wie werden Sie denn Weihnachten feiern?« Er zögerte, hatte sich die Worte vorher nicht zurechtgelegt. »Ich weiß ja, dass es etwas schwierig war bei Ihnen in den letzten Monaten. Und ich dachte … wenn Sie mögen, Madame Lacroix und ich, wir würden uns freuen, wenn Sie …«

Rio sah ihn erst ungläubig an, dann aber lächelte sie über das ganze Gesicht. »Commissaire, wenn ich dürfte, würde ich Sie drücken. Das ist sehr, sehr freundlich. Und ich weiß, wie heilig Ihnen beiden das Fest ist. Ich bin sehr gerührt. Aber ich kann Sie beruhigen: Sie können zu zweit feiern und müssen sich keine Gedanken um mich machen. Wir versuchen es, Cynthia und ich, sie ist vor zwei Wochen wieder bei uns eingezogen. Weihnachten feiern wir mit unseren Jungs zusammen. Ich muss nur noch dringend die letzten Geschenke besorgen.«

Auch Lacroix war gerührt, deshalb wandte er sich schnell ab und wedelte mit seiner Hand durch die Luft.

»Na, dann machen Sie Feierabend, los doch. Morgen ist der letzte Arbeitstag. Kaufen Sie die Geschenke nicht in diesem schrecklichen Internet. Gehen Sie auf den Boulevard und suchen Sie etwas Schönes aus. Ich bitte Sie, nun gehen Sie …«

Noch immer strahlte Rio. »Vielen Dank, Commissaire.«

Im Nu hatte sie ihre Sachen zusammengepackt und war verschwunden. Lacroix war froh. Darüber, dass sie sich auf Weihnachten einstimmen konnte. Und darüber, dass er an seinem Schreibtisch Platz nehmen konnte, um die Fotos anzusehen, die an der Wand hingen. Mit allen, die in dem Fall eine Rolle spielten.

Er saß lange da. Sehr lange. Aber er fand einfach keine Antwort auf die Frage, die seit Stunden in seinem Kopf herumspukte.

17

Lacroix war häufig in Gotteshäusern, allein deshalb, weil sein Bruder Priester war. Doch dieser Tage schien es ihm, als komme er aus den Kirchen der Stadt gar nicht mehr heraus. Er war direkt nach dem Verhör in die alte gotische Basilika gegangen, die an der Rue las Cases lag, mitten im altehrwürdigen siebten Arrondissement, dem Quartier, in dem auch die Lacroix wohnten. Sainte-Clotilde hieß die Kirche mit dem anmutigen Kirchenschiff und dem Portal, das an Notre-Dame erinnerte. Pierre-Richard, Lacroix' Bruder, war ihr Vorsteher. Soeben erklangen die letzten Takte des Orgelspiels zum Auszug.

Es waren nur wenige zur Abendmesse gekommen. Auch in Paris schlug in den letzten Tagen vor dem Fest nicht die Stunde der Gläubigen, sondern die der Eiligen, die in den Einkaufsmeilen auf der Rue de Sèvres oder in den Galeries Lafayette die letzten Geschenke erstanden oder beim *traiteur* noch eine Gans bestellten. Es waren die alten Leute aus dem Quartier, die nun ohne Eile in Richtung Ausgang schlurften. Zwei Minuten später kam der Mann aus einer Seitentür, der eben noch in einer Soutane am Altar gestanden hatte. Jetzt trug er eine Stoffhose und eine dicke Winterjacke. Sie umarmten sich kurz und gaben sich die *bises*.

»*Mon frère*«, sagte Pierre-Richard, »wie schön, dass du mich abholst. Ich habe großen Hunger, los, wir beeilen uns, es ist so kalt.«

Sie gingen die Rue Saint-Dominique entlang und bogen wenig später, kurz hinter Solférino, auf den Boulevard Saint-Germain. Sie sprachen kaum, weil die Kälte in den Lungen schmerzte, tauschten sich nur kurz über die Abendmesse aus und schwiegen dann, den ganzen Weg über den Boulevard gen Südosten, bis sie hinter Mabillon die Rue de Buci erreichten.

»Du hast den ganzen Weg über nicht geraucht, bist du krank?«

»Frag bitte nicht«, sagte Lacroix, dem erst vor der Kirche eingefallen war, dass er doch tatsächlich vergessen hatte, seine Ersatzpfeife aus der Schreibtischschublade zu nehmen.

Ein leichtes Lächeln umspielte Pierre-Richards Lippen, vielleicht war es aber auch nur Verwunderung.

Es war die Stunde zwischen *apéro* und *dîner*. Die einen tranken in ihrer Bürobekleidung noch einen Crémant oder Kir, bevor sie nach Hause gingen, die anderen waren bereits fein zurechtgemacht und studierten die Speisekarten. So war es auch im Chai de l'Abbaye. Pierre-Richard öffnete die Tür und ließ seinen Bruder eintreten, dann nahmen beide an der Bar Platz.

»Mir ist nach einer Flasche, und dir?«

»Nach einer großen«, seufzte der Commissaire und rollte mit den Augen.

»Meine liebsten Gäste«, rief Yvonne, und Lacroix fragte sich einmal mehr, wie sie es schaffte, von den frühen Morgenstunden bis in den Abend ihre gute Laune zu behalten. »Was darf ich euch bringen?«

»Wir nehmen eine Flasche Nuits-Saint-Georges, irgendeinen guten Jahrgang. Vielleicht 2015? Und wir möchten auch essen, aber wir müssen erst etwas besprechen.«

»Bien sûr«, sagte Yvonne und ging in ihr Weinlager, um den feinen Roten zu holen.

»Was willst du besprechen?«, fragte Pierre-Richard und klang auf einmal ganz gespannt. Er rückte ein wenig näher an seinen Zwillingsbruder heran.

»Etwas Ungewöhnliches ist passiert, und ich dachte, vielleicht hast du eine Erklärung dafür.«

»Worum geht es?«

Pierre-Richard war äußerst gespannt. Doch erst mal brachte Yvonne den Wein, zog die Flasche auf und stellte ihnen die besten Gläser hin. Dann goss sie von dem tiefroten Burgunder ein. Die beiden Brüder stießen an.

Lacroix schmeckte die leichte Süße und die tiefe Würze des Weines, der sehr kräftig war und damit perfekt zu dem kalten Tag passte, auch wenn es nun wärmer zu werden schien. Draußen hatte fieser Nieselregen eingesetzt. Lacroix sah den Tropfen hinter der großen Fensterfront zu und den Menschen, die nach Hause eilten, die Kapuzen tief ins Gesicht gezogen. Das würde eine schöne Rutschpartie geben, wenn der Regen auf den Straßen gefror.

»Also, nun sag schon ...«

Lacroix spürte, wie angespannt er war nach diesem

Tag, der so schrecklich begonnen hatte. Er nahm noch einen Schluck, bevor er leise sagte:

»Du als mein bester Informant aller kirchlichen Zusammenhänge: Erzähl mir, was du über Sœur Amélia weißt.«

»Unsere Mutter Teresa der Moderne?« Pierre-Richard schien erstaunt.

»Ganz recht.«

»Kurz gesagt: Sie ist eine Legende.« Nun nahm auch Pierre-Richard noch einen Schluck, richtete sich auf und breitete die Arme aus, als stünde er am Altar. So hatte er sich schon als kleiner Junge aufgebaut, wenn er ansetzte, eine Geschichte zu erzählen. »Sœur Amélia ist in Aix-en-Provence geboren und aufgewachsen, als junges Mädchen in der Résistance gewesen und direkt nach dem Krieg in ein Kloster eingetreten, Jouques in der Provence, es steht dort bis heute. Sie hätte die Abtei schon nach kurzer Zeit leiten können, doch sie hat sich dagegen entschieden. Einmal hat sie gesagt, dass ihr Weg sie nie in ein steinernes Haus hatte führen sollen, sondern unter den freien Himmel, zu den ganz normalen Menschen, die viel stärker an Gott glauben als alle im Vatikan zusammen. Deshalb hat sie ihr halbes Leben auf Reisen verbracht – und sie war stets bei den Ärmsten der Armen.« Er hielt kurz inne und schnaufte. »Es sind so viele Geschichten, die über sie erzählt werden. Ich habe sie nur zweimal persönlich gesehen, weil sie so selten in die erste Welt kommt, so selten zurückkehrt in ihre Heimat. Sie war schon in den Sechzigern in Afrika, als sich noch niemand für diesen Kontinent interessiert hat. Sie hat in Südafrika für das Ende der Apartheid gekämpft, sie hat sogar Mandela gekannt. Dann hat sie sich in Frankreichs Kolonialstaaten engagiert und hat die lokalen Widerständler unterstützt, um schließlich in den Slums des Sudan und in der Südsahara denen zu helfen, die wirklich gar nichts haben. Sie hat so viele Kinder gerettet, weil sie mit bloßen Händen Brunnen gebohrt hat. Immer war sie gegen den Krieg und gegen die französische Militärpolitik. In den Neunzigern ist sie auf den Balkan gereist und hat dort gewirkt, als der Krieg so viele Opfer forderte. Es muss etwas Unaussprechliches geschehen sein. Es wird erzählt, sie sei während des Völkermordes in Srebrenica gewesen. Aber sie hat nie darüber gesprochen. Später ist sie wieder nach Afrika gegangen, um sich für die Rechte der Frauen einzusetzen. Das ist das, was sie bis zu ihrem Tod machen will, heißt es. Sie ist Mitte achtzig, kannst du dir das vorstellen?«

»Und sie lebt nun in Afrika?«

»Sie reiste bis vor zehn Jahren von Kriegsgebiet zu Kriegsgebiet, weil sie wusste, dass besonders die Frauen und Mädchen leiden. Sie wollte ihre Bekanntheit dafür nutzen, dass auf der ganzen Welt nie wieder eine Frau vergewaltigt wird. Gott weiß, bis dahin ist es noch ein langer Weg. Vor zehn Jahren hat sie sich dann niedergelassen. Ich habe gehört, sie wohnt mittlerweile in Bamako, der Hauptstadt von Mali. Sie soll dort in einem der wenigen christlichen Klöster ein bescheidenes Leben führen. Sie kann nicht mehr so viel reisen, vor allem nicht in derart gefährliche Gegenden. Aber es heißt, der Grund dafür sei nicht ihr Alter. Vielmehr habe sie im Krieg eine traumatische Erfahrung gemacht, die verhindere, dass sie jemals wieder in ein Krisengebiet reisen könne.«

»Weißt du mehr darüber?«

Pierre-Richard schüttelte den Kopf. »Nein, ich habe keine Ahnung. Und ich glaube, ich bin ganz froh darüber.«

»Warum ist sie nun hier, wenn sie ihre alte Heimat gar nicht schätzt?«

»Ich glaube, dass Prêtre le Cournier sie inständig gebeten hat und dass sie sich der französischen Kirche gegenüber auch verpflichtet fühlt. Es ist eine wichtige Veranstaltung für Sacré-Cœur, und die Kirche hat so viel mit Sœur Amélia geworben, dass ihr Besuch auch hier etwas bewirken kann. Ich hätte mich sehr gefreut, sie zu sehen. Aber ich kann am Heiligen Abend nicht auf den Berg gehen, weil ich ja selbst eine Messe feiere.«

»Ich denke, du verpasst nichts.«

»Wieso?«

»Weil die Messe mit Sœur Amélia abgesagt wurde.«

»Das kann nicht sein. Oder ist sie krank?«

»Nein, jedenfalls nicht, soweit ich weiß. Sie war wohlauf, als sie in Paris ankam.« Lacroix senkte seine Stimme. »Sie ist verschwunden.«

»Was sagst du da? Verschwunden?«

»Niemand weiß, wo sie ist. Prêtre le Cournier vermutet aber kein Verbrechen. Er glaubt, sie hatte Heimweh nach der Provence und hat sich abgesetzt. Aus seinen

Worten schließe ich, dass er sie für etwas exzentrisch hält.«

»Aber warum habe ich davon nichts erfahren? Ich meine, ihr Besuch wurde doch wochenlang in den Zeitungen angekündigt, da hätten sie doch schreiben müssen, dass der Gottesdienst ausfällt … Andererseits: *Radio France* berichtet ja gerade nur über das merkwürdige Weihnachtsmassaker da oben auf dem Berg.«

Lacroix hielt sein Glas ganz still und sah Pierre-Richard lange und schweigend an.

»Habt ihr den Täter gefasst? Das mit dem Pferd ist ja schrecklich.«

»Wir haben einen Verdächtigen. Er liegt allerdings schwer verletzt im Krankenhaus und ist nicht ansprechbar. Ich hoffe, dass ich ihn morgen wenigstens kurz vernehmen kann.«

»Ich werde für ihn beten. Und für dich, *mon frère*.«

»Ich danke dir.«

»So, nun habe ich aber wirklich einen heiligen Hunger. Wollen wir bestellen?«

Gänzlich entgegen ihrer Gewohnheit nahmen die beiden Männer die Speisekarten zur Hand, die auf der Theke lagen. Sonst bestellten sie immer aus dem Bauch heraus, doch heute studierten sie die wenigen Seiten ausführlich, waren aber beide mit den Gedanken woanders.

Nach einigen Minuten ließ Pierre-Richard als Erster die Karte sinken. »Ich werde die *tartine* mit Roquefort und Nüssen nehmen«, sagte er überzeugt, und erst als auch sein Bruder die Karte weglegte, fügte er hinzu:

»Weißt du, ich habe darüber nachgedacht, was du vorhin gesagt hast. Nein, le Cournier hat nicht recht. Sœur Amélia ist ganz und gar nicht exzentrisch, nach allem, was die Leute über sie sagen. Sie ist absolut pflichtbewusst. Sie würde niemals einen so wichtigen Gottesdienst einfach sausen lassen, um ihre Heimat zu besuchen. Niemals.«

»Danke, dass du das sagst, Pierre-Richard, ich hatte auf derlei klare Worte gehofft. Was meinst du also dazu?«

»Ich denke, le Cournier wusste sich nicht anders zu helfen, als dich anzulügen. Anders kann ich es mir nicht erklären. Er muss verzweifelt sein, weil er nicht weiß, wo sie ist. Ihr muss etwas zugestoßen sein. Es gibt also echten Grund zur Sorge, zweifellos.«

Ein doppeltes Spiel

18

Guten Morgen.« Mit leisen Worten weckte Madame Lacroix ihren Mann um kurz vor neun.

Er rieb sich verwundert die Augen, weil er nicht damit gerechnet hatte, dass es schon so spät war, aber er hatte tatsächlich geschlafen wie ein Stein. Er war erst kurz vor Mitternacht todmüde ins Bett gefallen. Dominique war bereits fertig angezogen, sie trug ein elegantes anthrazitfarbenes Kostüm, war dezent geschminkt, die Haare saßen perfekt.

»Der letzte Arbeitstag des Jahres, Gott sei Dank«, sagte sie wohlig. Das Rathaus war zwischen den Feiertagen geschlossen. Dominique liebte ihre Arbeit, aber sie liebte es auch, Zeit mit ihrem Mann zu verbringen. Er hoffte, dass der Fall ihre Pläne nicht durchkreuzte und er nach einem gähnend langweiligen Monatsbeginn dafür die Tage zwischen den Jahren im Kommissariat verbringen musste. *Der* Fall, durchfuhr es ihn, waren es nicht vielmehr *zwei* Fälle?

»Ich wünsche dir einen wunderbaren Tag«, sagte Lacroix, als plötzlich das Telefon auf dem Nachttisch klingelte. *»Mais non«*, stöhnte er, und Dominique sah ihn besorgt an. Er hob den Hörer ab.

»Lacroix?«

»*Oui*, ich bin es, Rose. Ich bin auf dem Weg zu dir.«

»Was ist passiert?«, fragte Lacroix erschrocken.

Noch immer hatte sich Dominique nicht aus dem Zimmer bewegt.

»Nein, keine neuen Vorkommnisse«, sagte Commissaire Violet, was Lacroix erleichtert aufatmen ließ. »Aber ich will mit dir ins Bichat fahren, Serge Foll ist aufgewacht, und wir können mit ihm reden.«

»Sehr gut. Hoffentlich kommen wir so weiter.«

»Ich bin in zehn Minuten da.«

»*D'accord*. Bis dahin.«

»Rose holt mich ab«, sagte Lacroix, und plötzlich hatte Dominique es gar nicht mehr eilig. Während er sich duschte und anzog, zupfte sie hier noch ein paar welke Tulpen aus der Vase und räumte dort einen Bildband um, schließlich wischte sie die Arbeitsplatte in der Küche ab und wechselte noch zweimal den Wintermantel.

»Ich gehe runter«, sagte Lacroix nach zehn Minuten. »Rose wird gleich da sein.«

»Ich muss auch los«, sagte Dominique. Zusammen stiegen sie die Treppen hinunter, doch nach zwei Stufen fiel Lacroix etwas ein.

»Nein, das passiert mir nicht noch einmal«, murmelte er, machte auf dem Absatz kehrt, öffnete die Tür, griff nach der Pfeife, die auf dem Bord im Flur lag, und steckte Tabak in die Tasche. Jetzt war er wirklich bereit.

Als sie aus dem Haus ins Grau des Pariser Morgens traten, stand da schon das kleine zivile Polizeifahrzeug. Rose Violet wartete an die Fahrertür gelehnt und rauchte.

»*Bonjour, chère Commissaire*«, sagte Dominique,

während sie schnell auf Rose zuging. Sie umarmten sich und gaben sich die *bises.*

»Madame le Maire, ich bin erfreut, Sie zu sehen.«

»Es ist eine Weile her. Wie geht es Ihnen?«

»Wir schlagen uns immer noch mit den gleichen Verbrechern rum, und Sie sind eines Tages die Bürgermeisterin der ganzen Stadt, so scheint mir.«

»Der Eindruck täuscht. Es sind die Mühen der Ebene, bei Ihnen und bei mir. Ich bitte Sie: Lösen Sie diesen Fall. Ich möchte meinen Mann über die Feiertage für mich haben.«

»Sie kriegen ihn pünktlich zu Weihnachten wieder. Aber heute leihe ich ihn mir noch mal aus, ja?«

Sie lächelten sich an, doch Lacroix hatte das Gefühl, dass dieses kurze Aufeinandertreffen noch ein Nachspiel haben würde.

»Gut, fahren wir. Einen schönen Tag, *chérie*«, sagte er, und sie ging um das Auto herum, um ihn zu küssen, bevor er einstieg. *»À ce soir.«*

»Dominique sieht wirklich umwerfend aus«, sagte Rose, als sie den Weg nach Norden einschlug.

»Sie ist umwerfend«, sagte Lacroix nicht ohne Stolz in der Stimme. Den Rest der Fahrt verbrachten sie schweigend. Im Hôpital angekommen, nahmen sie den gleichen Weg wie am Vortag, denn Serge Foll lag nur ein paar Zimmer von dem Kutscher entfernt. Vor der Tür hielt ein Polizist Wache und salutierte, als er Rose sah. Als er Lacroix erkannte, stand er gleich noch mal so stramm. Von hinten rief eine junge Ärztin nach ihnen.

»Commissaires?«

»Ja, bitte …«

»Er hatte großes Glück, es sind nur eine Gehirnerschütterung und einige kleinere Verletzungen. Es hätte auch ein Schädel-Hirn-Trauma werden können, so heftig waren die Schläge. Deshalb müssen Sie mir versprechen, es nicht zu übertreiben. Sie haben fünf Minuten. Danach komme ich rein, und Sie gehen. Einverstanden?«

»Gut«, sagte Rose und hatte schon die Tür geöffnet.

Serge Foll lag auf dem Bett, die Rollläden waren heruntergelassen, sodass der Raum in ziemlicher Dunkelheit lag.

Er hatte den Kopf zur anderen Seite gewandt, Lacroix konnte nicht sagen, ob er schlief. Rose zog sich einen Stuhl heran, der Commissaire tat es ihr nach. Sie setzten sich nahe ans Bett.

»Monsieur Foll?«

»*Oui.*« Immer noch blickte er zur anderen Seite.

»So trifft man sich wieder. Seit wir uns auf der Place du Tertre gesehen haben, ist viel passiert.«

»Es ist nichts passiert, außer dass …«

»Außer dass Sie Lichterketten gestohlen, einen Baum umgesägt, eine Klosterwand verunstaltet, einen Mann k. o. geschlagen und schließlich noch ein Pferd getötet haben. Sie haben es erstochen und elendig verbluten lassen. Das ist passiert, Monsieur Foll. Wegen Ihrer kruden kommunistischen Ansichten aus dem vorigen Jahrhundert. Und dann wollten Sie zu guter Letzt noch Ihre Verlobte verletzen …«

Er drehte langsam den Kopf, bis er sie beide direkt ansah. Sein Gesicht war in der Dunkelheit nur ein Schatten, dennoch erschrak Lacroix, als er die tiefen Wunden sah, auf der Wange, an der Stirn, die Lippe war aufgeschlagen, das Auge blau. Foll war übel zugerichtet.

»Das haben die Ihnen wirklich erzählt, oder?«

»Oh ja, Monsieur Foll, das haben *die* uns erzählt, und zwar unabhängig voneinander. Wir finden das sehr glaubhaft. Nicht zuletzt, weil Sie uns ja sehr klar gesagt haben, was Sie von der Präsenz der Kirche und dem Kitsch in Ihrem Quartier halten.«

»Ich soll ein Tier erstechen und den alten Kutscher niederschlagen? Das ist doch völlig dämlich.«

»Ich bitte Sie, Foll, Sie sind schon wegen ganz anderer Sachen aggressiv geworden. Und Sie haben in der Vergangenheit Ihnen wichtige politische Anliegen mit Gewalt umsetzen wollen.«

»Das ist …«, seine Stimme war matt, viel schwächer als auf der Place du Tertre. »Welches Kloster wurde denn beschmiert?«

»Oh, jetzt fangen Sie an, mit uns zu spielen. Aber gut, es war der Karmeliter-Konvent.«

»Es ist … Können Sie bitte das Licht anschalten, Commissaire?«

Lacroix stand auf und betätigte den Lichtschalter neben der Tür. Dann ging er zurück zum Bett. Der Anblick des Malers war wirklich schrecklich, bei Licht besehen noch mal schrecklicher.

Folls Augen verengten sich zu Schlitzen, und seine

Stimme war nur ein Knurren: »Sie werden mir kein Wort glauben, nicht ein Wort von dem, was ich Ihnen gleich erzählen werde. Weil das alles, was mir widerfahren ist, so bizarr ist. Aber auch auf die Gefahr hin, dass Sie mich nach Fleury-Mérogis in den Knast stecken, weil Sie sich dann wohler fühlen, werde ich versuchen, Ihnen alles zu erklären.«

19

Sie hatten das Zimmer schweigend verlassen, sich nur kurz angesehen und waren wortlos in den Wagen gestiegen und Richtung Südosten gefahren. Es schien, als habe der kalte Nebel sogar noch zugenommen, obwohl es mittlerweile beinahe Mittag war. Die vielen Autos und Motorroller hatten den weißen Schnee in grauen Matsch verwandelt, der aufgetürmt am Straßenrand lag. Lacroix schüttelte es vom bloßen Hinsehen. Drohte seine wunderschöne Stadt an Weihnachten in einer grauen Suppe zu verschwinden? Allerdings passte das düstere Panorama zu seiner Stimmung.

Rose hielt vor dem Haus, vor dem sie gestern mit deutlich mehr Kollegenstärke vorgefahren waren. Sie stiegen aus, öffneten mit dem Schlüssel die Haustür und stapften die Treppen hoch. Lacroix blieb immer wieder stehen, um die Kunst an den Wänden zu betrachten, die von Serge Foll signiert war.

Rose schloss die Wohnungstür auf, und sie traten ein. Lacroix schaltete im Wohnzimmer das Licht an, und sofort erhellte der riesige Kronleuchter die Szenerie. Die Kollegen der CRS hatten das Blut weggewischt. Die Wohnung sah aus wie ein Künstleratelier, nichts erinnerte mehr an das Schlachtfeld vom Vortag. Vor allem aber war sie wunderschön: ein ausladendes Loft mit hohen Fenstern nach Westen, über den Dächern konnten sie die Spitze von Sacré-Cœur erahnen. Die Decken waren mit goldverziertem Stuck besetzt, der Marmorkamin in der Zimmerecke war erst vor Kurzem benutzt worden, ein Stapel Holz lag bereit. Nur der Stuhl, der mitten im Zimmer herumstand, erinnerte an das, was hier passiert war.

Die Wände waren über und über voll mit Gemälden, und wieder kam Lacroix nicht umhin, Foll für seine Kunst zu bewundern. Er hatte Pariser Gesichter gezeichnet, klar erkennbare Gesichter, die eine Geschichte erzählten, mit ihren Blicken, ihrem Lachen, ihren Stirnfalten. Der Hintergrund war dabei stets unscharf gehalten, und doch war sofort erkennbar, dass es Paris war. Wie bei Fotos von Doisneau, es gab keine Fragen. Wer so etwas konnte, der war ein echter Künstler, befand Lacroix. Zwei Staffeleien standen in der Nähe des Kamins, daneben eine kleine Bar. Cognac, Calvados, schottischer Whisky. Foll hatte ein gutes Leben geführt.

Doch wie passten diese beiden jungen Leute hier hinein? Sie durchsuchten alles, schauten die Skizzen an, fanden aber keine Hinweise. Also ging der Commissaire nach nebenan ins Schlafzimmer. Hier waren sie gestern gar nicht gewesen. Die Versorgung des Verletzten hatte Priorität gehabt.

Es war ein karger Raum, auch wenn er so aufwendig gestaltet war wie das Wohnzimmer: Stuck, Bilder, ein Kronleuchter, ein kleinerer hier. In der Mitte lag eine große Matratze, sicher zwei mal zwei Meter. Das war alles. Nur ein kleiner Sekretär stand noch unter dem

Fenster. Lacroix ging darauf zu, nahm das erste Papier und wusste sofort, dass sie der Sache endlich näher kamen. Er las das Schreiben, hielt es gegen das Licht und prüfte die Unterschriften. Er war sich sicher.

»Rose!«, rief er, und seine Stimme kam ihm viel zu laut vor, als sie von den Wänden ins Zimmer zurückgeworfen wurde.

20

Eine Stunde später hielt Rose vor ihrem Kommissariat. »Also teilen wir uns wieder auf. Ich vernehme ihn und du sie.«

»So machen wir es.«

»Soll ich dir ein Taxi rufen?«

»Nein, ich gehe lieber zu Fuß. Ich muss nachdenken.«

»Was hältst du von der Sache?«

Immer noch war ihr Gesicht bleich, erschrocken darüber, wie viel Böses in den Menschen steckte. Dass sie sich diese Unbedarftheit bewahrt hatte, nach so vielen Dienstjahren, war nur einer von vielen Punkten, die Lacroix an ihr schätzte.

»Ich bin fassungslos, wie du. Und doch ist das Puzzle noch nicht vollständig. Noch lange nicht. Deshalb muss ich ja nachdenken …«

»Dann denke, mein Maigret. Wir telefonieren später, wenn ich dich denn erreiche.«

»Das wirst du. *Salut*, Rose.«

Sie gaben sich die *bises* und verharrten einen Moment in dieser Nähe, dann löste sich Lacroix und ging die Rue de Clignancourt hinunter, überquerte den Boulevard Rochechouart und bemerkte erst in der nächsten ruhigen Seitenstraße, dass seine Hose schon gänzlich durchnässt war von dem Matsch auf dem Gehsteig. Ärgerlich drehte er sich um und winkte nach dem ersten Taxi, das ihm entgegenkam und die grüne Lampe auf dem Dach eingeschaltet hatte.

»Monsieur, wohin soll es gehen?«, fragte der Taxifahrer, ein alter Schwarzer mit Brille. Im Radio lief melodische afrikanische Musik.

»Ins Kommissariat in der Rue de la Montagne Sainte-Geneviève. Und können Sie die Musik ausmachen, bitte?«

»Oh, Commissaire, Sie sind aber finsterer Laune«, sagte der Mann, und Lacroix fing seinen besorgten Blick im Rückspiegel auf. Dennoch schwieg er. Erst als sie die Seine überquerten und am Marché aux Fleurs, dem Blumenmarkt, vorbeifuhren, schien Lacroix wie aus einer Trance zu erwachen.

»Es tut mir leid, ich wollte nicht unfreundlich sein«, murmelte er. »Aber ich habe da einen Fall, der ist zu verzwickt. Und ich habe das Gefühl, dass mir die Zeit davonläuft.«

Der Afrikaner lächelte ihn sanft und wissend an. »Wissen Sie, Commissaire, wenn ich mal nicht weiterkomme – zum Beispiel, wenn ich mich mit meiner Frau streite –, dann trete ich zwei, drei Schritte zurück und sehe mir alles noch mal mit etwas Abstand an, als wäre ich ein Außenstehender. Und dann ergibt auf einmal alles Sinn, verstehen Sie? Vielleicht hilft das auch bei Ihrem Fall.«

»Ja, vielleicht haben Sie recht, Monsieur«, entgegnete er, gerade als sie vor dem Kommissariat hielten, und gab dem Mann fast zehn Euro Trinkgeld.

Lacroix wusste zu diesem Zeitpunkt noch nicht, dass der Hinweis noch viel mehr wert war. Er stieg die Treppen hoch und meldete sich kurz bei Rio an.

»Capitaine, können Sie Mademoiselle Joly in den Verhörraum bringen lassen?«

»Natürlich, Commissaire. Geht es Ihnen gut?«

»Fragen Sie mich das heute Abend noch mal, ja?«

»Mach ich«, sagte Rio und griff zum Hörer. Als sie auflegte, rief sie in sein Büro: »In zehn Minuten ist sie unten in Raum 4.«

Acht Minuten später ging Lacroix die Treppen hinunter. In dem langen Flur stieg ihm ein ungewohnter Geruch in die Nase. Er öffnete die Tür zum Verhörraum, und es war tatsächlich das Parfum der jungen Frau. Mademoiselle Joly musste es in ihrer Handtasche dabeigehabt haben.

»Guten Tag, Mademoiselle.«

Sie sah aus wie aus dem Ei gepellt. Lacroix wunderte sich, wo sie sich so hatte zurechtmachen können. Das Badezimmer in diesem Trakt war alt, der Spiegel an vielen Stellen blind. Dennoch lag ihr blondes Haar perfekt, sie war dezent geschminkt, die Wangen hatten einen Hauch Rouge, und die Lippen waren sanft rot. Sie war zweifelsohne eine schöne Frau.

»Monsieur le Commissaire, einen schönen guten Tag. Haben Sie meine Angaben überprüft? Kann ich endlich wieder gehen?«

»Ich habe noch ein paar Fragen – und dann wird sich alles fügen, Mademoiselle Joly.«

Erwartungsfroh sah sie ihn an.

»Wann genau haben Sie sich mit Monsieur Foll verlobt?«

»Vor einigen Wochen. Das habe ich doch schon gesagt.«

»Wissen Sie noch, wann genau?«

Sie überlegte einen Moment zu lange. »Auf den Tag genau kann ich es nicht sagen, vielleicht vor drei …«

»Es war der Donnerstag letzter Woche.«

Erstaunt sah sie ihn an, dann formte sich ihr Gesicht zu einem freundlichen Lächeln. »Ach, die Zeit, sie rast immer so.«

»Ja, das finde ich auch. Es ist allerdings ein Phänomen, das für gewöhnlich eher ältere Menschen umtreibt. Sie hingegen sind jung, Sie müssten so ein großes Ereignis doch ganz genau erinnern können.«

»Worauf wollen Sie hinaus?« Es war nur ein winziger Riss in der Fassade.

»Ich weiß, dass Ihre Verlobung noch keine Woche her ist. Wer hat die Verlobung denn vorgeschlagen? War es ganz nach der alten Schule?«

»Sie meinen, ob Serge …«

»Ist Monsieur Foll vor Ihnen auf die Knie gegangen und hat um Ihre Hand angehalten?«

»Nun, wissen Sie, ich bin eine moderne Frau, es war eher eine beiderseitige Entscheidung.«

»War es nicht vielmehr so, dass Sie ihn gedrängt haben, Sie zur Frau zu nehmen? Dass Sie ihn bekniet haben, doch endlich seine Freiheit aufzugeben, weil Sie den Platz an seiner Seite einnehmen wollen?«

»Wer sagt das?«

»Und war es nicht so, dass Sie sogar schon die Eheschließung angemeldet haben, gleich Anfang Januar, weil Sie keine Zeit verlieren wollten?«

»Ich weiß nicht …«

»Mademoiselle, ich habe den Mietvertrag gefunden, die Tinte ist noch frisch. Wir lassen ihn gerade analysieren. Wir wollen herausfinden, ob er ihn freiwillig unterschrieben hat, bevor Sie ihn so übel haben zurichten lassen, oder ob Sie Serge Folls Hand geführt haben, damit im Streitfall seine Fingerabdrücke auf dem Papier zu finden sind.«

»Commissaire, was erlauben …«

»Ich weiß«, unterbrach Lacroix sie gleich wieder, »die Geschichte klingt an den Haaren herbeigezogen. Erst recht, wenn jemand wie Serge Foll, ein alter und widerspenstiger Mann, erzählt, dass eine schöne und junge Frau ihm so hinterhergerannt sei. Jeder Mensch würde sagen: Das kann nur eine Lüge sein. Aber Sie haben ein Motiv: Die Stadt stellt die Wohnungen für den Bruchteil des eigentlichen Wertes zur Verfügung. An den Künstler und seinen jeweiligen Ehepartner. Die Stadt kann die Wohnung nicht zurückfordern, wenn das Ehepaar erst mal darin wohnt – nicht mal, wenn der Künstler verschwindet oder …«, Lacroix machte eine dramatische Pause, »… wenn er stirbt. Nehmen wir also mal an, Sie ziehen mit Ihren 23 Jahren als Folls Ehefrau in die Wohnung. Und Sie wohnen da ganz sicher für die nächsten 50 Jahre. Die Miete beträgt monatlich 350 Euro für fast 200 Quadratmeter, und zwar inklusive der Nebenkosten. Bei einem eigentlichen Wert von

3500 Euro, ich habe extra bei der Stadt angerufen, damit sie den Quadratmeterpreis prüfen. Das macht dann auf Ihre Lebenszeit gerechnet eine Ersparnis von – und nun hören Sie gut zu – 1,9 Millionen Euro. Dafür kann man schon mal jemanden betrügen, vielleicht sogar ermorden wollen. Ist es nicht so, Mademoiselle Joly?«

Ihr Gesicht war eine Kalkwand, die roten Flecke auf den Wangen traten hingegen hervor, als glühten sie.

»Sie glauben diesem Mann? Diesem alten widerlichen Lügner?«

»Oh, die Liebe zu Ihrem Verlobten hat sich so schnell verflüchtigt, wie sie gekommen ist. Dabei kann ich Ihnen nicht ersparen, Ihnen meinen Eindruck mitzuteilen – und danach ist Serge Foll ein durch und durch aufrechter Mann. Nein«, Lacroix schüttelte den Kopf, »ihn einen Lügner zu nennen, das wird ihm wirklich nicht gerecht.«

»Was wollen Sie von mir?«

»Ich will hier schnell fertig werden, damit ich zu meiner Frau und mit ihr gemeinsam Weihnachten feiern kann. Ich weiß, dass es schwierig wird mit Ihnen, weil Sie stolz sind und glauben, die Welt gehöre Ihnen – mit Ihrer Schönheit und Ihrem vermeintlichen Charme. Das kann schon sein, dass die Welt heute so funktioniert. Ich sage Ihnen aber, wer nicht so stark ist: Ihr Freund, der oben auf dem Hügel in einem Verhörraum sitzt, ähnlich wie dieser hier. Nur sitzt ihm Commissaire Violet gegenüber, und die ist – anders als ich – knallhart. Er wird zusammenbrechen und alles gestehen, Mademoiselle Joly, weil ihm ohnehin eine härtere Strafe droht, schließlich hat er Serge Foll so übel zugerichtet.«

Sie sah ihn unter zusammengekniffenen Brauen an. Noch hielt sie es durch, dieses wütende Funkeln, doch er konnte sehen, wie es in ihr arbeitete.

»Es war alles Patricks Idee«, sagte sie schließlich, und der Klang ihrer Stimme zeigte ihm, dass sie wusste, dass er ihr nicht glauben würde. »Wir waren mal zusammen. Dann habe ich Serge kennengelernt. Ich habe anfangs wirklich etwas für ihn empfunden: Ich liebte seine Bilder, seine Kunst, ich wollte seine Muse sein. Aber er ist eben ein alter Mann. Es konnte nicht die ganz große Liebe sein, wie denn auch? Sehen Sie mich doch an. Aber das Leben in Paris ist so teuer. Meine Familie ... sie hat nicht viel Geld. Ich stand vor der Entscheidung, nach Douai zurückzugehen oder mir irgendwoher Kohle zu beschaffen. Irgendwann habe ich Patrick mal erzählt, wie wenig Serge für dieses riesige Loft bezahlt – er war sprachlos. Und dann kam ihm diese Idee. Es war ein verrückter Plan. Aber wir hatten herausgefunden, dass ich als Verlobte in den Mietvertrag aufgenommen werden konnte. Deshalb habe ich darauf gedrängt, dass er mich heiratet. Er war überrascht, keine Frage, aber irgendwann hat er mir geglaubt. Ich kann sehr überzeugend sein.«

»Das kann ich mir vorstellen«, sagte Lacroix. »Aber was war Ihr Plan: Wollten Sie Ihr Leben mit dem alten Foll verbringen, bis er stirbt?«

»Wir haben immer wieder darüber gesprochen, und

Patrick hat gesagt, er kümmere sich dann um Foll. Uns war klar, dass wir beide zusammen in dieser Wohnung leben würden, Patrick und ich. Wir hatten uns über diese ganze Geschichte wieder ineinander verliebt. Die Aussicht auf zwei Millionen Euro Ersparnis – wir hatten das natürlich auch ausgerechnet – hat uns elektrisiert. Was wir uns alles hätten ermöglichen können: wenig arbeiten, viel reisen, all den Luxus, den ich nie hatte, bei meinen Eltern in dieser schäbigen Wohnung am Stadtrand von Douai.«

Er hatte Schwierigkeiten, die Erscheinung dieser jungen Frau mit der Arbeiterstadt im Norden zusammenzubringen. Aber die Kälte und der Pragmatismus in ihrer Stimme – beides wiederum passte zu ihrer Herkunft.

»Dann kam Ihnen Monsieur Folls Hass auf die Institutionen, auf die Kirche und auf den Kommerz gerade recht.«

»Es hat unseren Plan konkretisiert. Wir wollten, dass Serge hinter Gittern landet. Es musste ja nicht für lange sein. Aber die Stadt hätte einem verurteilten Verbrecher ja niemals die Wohnung gelassen. Doch seine arme, ahnungslose Verlobte hätte natürlich darin wohnen bleiben dürfen – oder meinen Sie, die hätten mich auf die Straße gesetzt?«

»Nein, das hätte die Stadt sicher nicht getan«, gab der Commissaire zu. »Sie haben also all das getan, damit Serge Foll von uns verdächtigt und überführt wird. Wir sollten denken, er hätte es getan – dabei waren Sie es.«

Sie fuhr hoch. »Was waren wir?«

Lacroix sah sie erstaunt an. »Die verschwundenen Lichterketten, der umgesägte Baum, das beschmierte Kloster – und das tote Pferd und der Angriff auf den Kutscher. Dass Monsieur Hollande nicht vor Gewalt zurückschreckt, wissen wir ja bereits.«

»Das sollen wir gewesen sein? Das ist doch Unsinn!«

Lacroix war wie vor den Kopf gestoßen, weil sich ihr Ton so verändert hatte. Ihre kontrollierte Wut war dahin, stattdessen wirkte sie absolut ungläubig.

»Sie wollen sagen, Sie hätten nichts damit zu tun? Mit alldem?«

Joly atmete tief durch, danach sprach sie tatsächlich ruhig und gefasst.

»Hören Sie: Ich hatte die Parolen von Serge so satt, ich habe gar nicht mehr richtig hingehört. In der einen Nacht aber kam er besonders spät und betrunken nach Hause, und am nächsten Morgen sprachen alle auf dem Berg darüber, dass jemand die Lichterketten geklaut hätte. Mir war sofort klar: Das muss er gewesen sein. Er hasste den Kitsch und vor allem den Stifter, Électricité de France. Ich habe ihn sofort gefragt, ob er es war. Aber er hat nur gelacht und gesagt: Nein, das sei wohl ein Bruder im Geiste gewesen. Da kam Patrick und mir die Idee. Wir könnten Serge loswerden, indem wir ihn einiger Verbrechen beschuldigten. Er war sehr krank an diesem Tag, er hatte sich im Schnee mit seinen alten Schuhen einen ordentlichen Schnupfen geholt und blieb einfach zu Hause.«

Lacroix dachte sofort an Rose und ihre Erkältung. Hatte es den alten Maler also auch erwischt.

»Nachts sind wir dann raus. Ich wusste, dass Serge nicht nur gegen die Beleuchtung gehetzt hatte, sondern auch gegen den Baum. Also sind wir da hin.«

»Und haben den Weihnachtsbaum umgesägt.«

Sie lachte auf. »Nein, aber Sie werden nicht glauben, was passiert ist. Ich habe Montmartre noch nie so ausgestorben erlebt. Der Schnee, die Kälte, niemand war unterwegs. Doch genau in dem Augenblick, als wir aus der Rue des Abbesses kamen, fiel der Baum.«

»Was sagen Sie da?«

»Wir hörten noch das Krachen des Holzes, und dann schlug die riesige Tanne der Länge nach hin. Ich stand da wie angewurzelt. Ich dachte zuerst, Serge habe sich rausgestohlen und wolle uns verarschen. Aber es war nicht Serge. Ich bin mir ganz sicher. Ich habe die Person gesehen. Von hinten. Sie war groß, stämmig und trug eine dicke schwarze Jacke. Sie war wie ein Schatten. Ich wollte erst hinterher, aber dann ging im Haus nebenan ein Licht an, und Patrick und ich sind weggerannt, als wäre der Teufel hinter uns her. Wir sind in eine Bar am Pigalle, wir konnten nicht mehr. Erst vor Schreck, dann vor Lachen. Wir hatten nicht gedacht, dass wir so viel Glück haben.«

»Was für eine abenteuerliche Geschichte.«

»Sie glauben mir nicht, wie könnten Sie es auch.«

»Und beim Pferd waren Sie auch zufällig in der Nähe? Wer war denn da der Täter, wenn Sie es nicht waren?«

»Patrick und ich haben lange darüber beraten, nachts in dieser Bar. Wir wussten, dass Serge auch diese Disney-Kutsche hasste – und dass er in seinem

Pamphlet ans Rathaus die Abschaffung verlangt hatte. Aber ich habe Patrick gesagt, dass wir niemals ein Lebewesen angreifen könnten – er hat mir natürlich zugestimmt. Wir haben überlegt, was wir dann tun könnten, um Serge sicher für eine kurze Zeit ins Gefängnis zu kriegen.«

»Das Kloster …«, sagte Lacroix.

Mademoiselle Joly nickte. »Patrick studiert Jura. Er kam sofort auf den Paragraphen gegen Kirchenschändung. Der sieht eine Haftstrafe vor. Das wäre es gewesen!«

»Sie haben also das Kloster beschmiert.«

»Patrick war es. Er ist nachts mit Spraydosen los, ich bin beim kranken Serge geblieben. Ich wollte über ihn wachen. Wir wussten ja, dass Sie uns spätestens am nächsten Morgen besuchen würden, um Serge zu verhaften.«

»Ihr Patrick hat nicht nur eine schreckliche Handschrift, wie wir an der Klostermauer sehen konnten, er ist auch ein extrem schlechter Jurist«, sagte Lacroix.

»Wieso das denn?«

»Nach dem Gesetz zur Trennung von Kirche und Staat, dem Laizismus, wurde in Frankreich auch das Gesetz gegen Blasphemie abgeschafft. Und zwar schon vor 115 Jahren. Sie haben da ja ein wirkliches Genie zum Freund.«

»Wirklich?«

»Serge Foll wäre höchstens wegen Sachbeschädigung verurteilt worden. Das wäre eine kleine Geldstrafe geworden. Das Pferd hingegen …«

»Ich schwöre, wir haben damit nichts zu tun!«

Lacroix wollte dringend eine Pfeife rauchen. Ihm fiel auf, dass er den ganzen Tag so unter Strom gestanden hatte, dass er es schlicht vergessen hatte. Er wusste überhaupt nicht mehr, was er glauben sollte.

»Was ist gestern passiert?«

»Wir haben die Nacht miteinander verbracht, Serge und ich. Ich hatte ihn überredet, dass ich endlich in den Mietvertrag aufgenommen werden sollte. Im Morgengrauen hat er unterschrieben. Damit war alles gut. Doch dann kam Patrick. Wir hatten das so verabredet, damit ich nicht allein mit Serge bin, wenn die Polizei kommt. Doch irgendwie war Patrick Serge in letzter Zeit zuwider. Er ging auf ihn los und irgendwie auch auf mich. Er rief, Patrick solle endlich von mir loskommen, ich sei nun bald Madame Foll. Irgendwie war da dann dieses Messer, ich stand da und schrie. Da ist Patrick ausgerastet. Er ist sehr stark, wissen Sie? Wir hatten nur noch die Wohnung vor Augen – und Serge wollte mich ja wirklich angreifen, glauben Sie mir, Commissaire. Und dann …«

»Stürmten wir die Wohnung.«

»Ganz genau. Es war wie …«

»Schicksal.«

»Was wird nun aus Patrick?«, fragte sie schüchtern.

»Monsieur Hollande wird angeklagt wegen der Verbrechen, die er begangen hat. Ganz genau wie Sie, Mademoiselle. Wegen Betrugs, falscher Beschuldigung und Irreführung der Justiz. Wenn ich es richtig einschätze, ist bei Ihnen nicht viel zu holen. So wird es

Ihre armen Eltern treffen, die für Sie haften werden«, sagte Lacroix kalt. »Sie haben meine Zeit lange genug verschwendet, ich werde nun gehen.«

Er stand auf und verließ den Raum. Er war allerdings nur im ersten Moment wütend auf Mademoiselle Joly. Wütender war er auf sich. Weil er die Aussage der alten Mademoiselle Troitteau so uneingeschränkt geglaubt hatte. Dabei hatte er gesehen, wie langsam sie sich bewegte. Dass sie ewig zur Tür gebraucht hatte. Sie hatte in jener Nacht, als der Baum fiel, sicher auch ewig aus ihrem Sessel zum Fenster gebraucht, um dann nur noch zu sehen, wie das junge Paar weggerannt ist – nicht aber den einzelnen Mann in der schwarzen Jacke, der den Baum gefällt hatte.

Verdammt. Er war viel zu lange einer falschen Spur gefolgt. Der Spur mit den zwei Tätern. Dabei sprach alles für einen Einzeltäter. Lacroix stapfte die Treppen hinauf und durchquerte wortlos das Großraumbüro. Dann schloss er die Tür hinter sich, was er sonst nie tat, und setzte sich hinter seinen Schreibtisch. So saß er die nächste Stunde da, aufrecht und mit erhobenem Blick studierte er die Fotos all derjenigen, die an dem Fall beteiligt waren. Wer ihn von außen betrachtete, hätte in dieser Stunde keine Bewegung gemerkt, es waren nur seine Augen, die hin und her huschten, und sein hellwacher Kopf, in dem es arbeitete.

Nach einer Stunde stand er plötzlich auf und öffnete die Tür.

»Capitaine?«

»Ja, Commissaire?«, fragte Rio, die seine Fiebrigkeit

in diesen Momenten zu gut kannte, um ihm nun irgendeine Frage zu stellen.

»Ich brauche einen ganz genauen Lebenslauf von dieser Person.« Er schrieb einen Namen auf einen Zettel. »Alle Stationen der letzten zwanzig Jahre. Und zwar, wenn möglich, innerhalb der nächsten Stunde. Geht das?«

Rio sah ihn erstaunt an. »Sind Sie sicher? Von diesem Mann? Warum denn das?«

Lacroix nickte. »Können Sie es bitte machen?«

»Na klar. Das wird einfach«, sagte Rio und griff zum Hörer.

21

Er war sich sicher, dass er nicht mehr viel Zeit hatte – was auch immer das hieß. So winkte er auf dem Boulevard Saint-Germain ein Taxi heran, gerade als das letzte Licht in den Häuserschluchten verschwand und die gelben Straßenlaternen aufleuchteten, um noch deutlicher zu machen, wie sehr der schmutzige Matsch die Stadt entstellte. Es war scheußlich. Aus der Traum von einer weißen Weihnacht.

Lacroix stieg ein und zuckte zusammen, als er das freundliche Lächeln des Mannes im Spiegel sah. Es war derselbe Fahrer wie am Vormittag.

»Na, Commissaire, jetzt sehen Sie ja schon viel entspannter aus«, sagte der lächelnd.

»Sie haben mir sehr geholfen, den Fall zu lösen. Ihre Worte waren sehr weise.«

»Ich werde wohl in der Zeitung davon lesen. Also, wohin soll es gehen?«

»Fahren Sie mich bitte hinauf nach Sacré-Cœur.«

»Natürlich, Monsieur.«

»Die Musik dürfen Sie jetzt gern einschalten.«

Sofort drehte der Fahrer den Regler auf, und so rasten sie über die Seine und gen Norden, die rhythmischen Melodien von dem Kontinent, der so fern, in dieser Stadt aber immer präsent war, drängten aus den Boxen und versetzten Lacroix in eine gänzlich andere Welt. Er schloss für einen Moment die Augen, doch er schlief nicht. Er spielte in Gedanken alle Möglichkeiten durch, von einem Versehen oder einer glimpflichen Erklärung bis hin zum schlimmsten möglichen Ausgang – dass er zu spät sein würde, weil bereits Tatsachen geschaffen worden waren, die unumkehrbar waren.

Zuerst musste er aber noch eine Rückfrage stellen, weil er sich ganz sicher sein wollte. Viele Zweifel gab es nicht mehr. Die Parallelen der Lebensläufe waren eindeutig.

»Ich danke Ihnen, Monsieur, für alles.« Er bezahlte den Taxifahrer und gab ihm wieder ein großzügiges Trinkgeld.

»Sehr gern, Commissaire. Ich denke, wir sehen uns sicher mal wieder.«

»Das werden wir. *Merci et joyeux Noël.*«

Er stieg aus und ging die wenigen Stufen hinauf, die Kirche war wieder normal geöffnet. Als er eingetreten war, sah er die vielen Touristen, die den Kreuzgang und das Kirchenschiff bevölkerten. Sie kamen von überall auf der Welt, um dieses Zeugnis der menschlichen Baukunst anzuschauen, die Gott Ehre erweist. Lacroix konnte nicht in dem langsamen Strom mitschwimmen, deshalb brach er schnell aus und drängelte sich nach vorn zum Altar, wo einer der Kirchenmitarbeiter gerade die Kerzen austauschte.

»Monsieur, *excusez-moi*, ich bin Commissaire Lacroix, kann ich bitte Prêtre le Cournier sprechen? Es ist dringend.«

»Natürlich, warten Sie, ich hole ihn.«

Nach zwei Minuten kam der Mann wieder, der hochgewachsene Priester wenige Schritte hinter ihm.

»Monsieur le Prêtre, bitte verzeihen Sie die Störung so kurz vor den hohen Festtagen.«

»Sie stören nicht«, sagte der Kirchenmann schnell. »Haben Sie Nachricht von Sœur Amélia? Es wäre zu schlimm, wenn wir auch den zweiten Gottesdienst mit ihr absagen müssten. Die Menschen haben sich so auf sie gefreut.«

»Ich brauche noch etwas Zeit«, sagte Lacroix, »dann habe ich hoffentlich bald gute Nachrichten für Sie. Aber nun habe ich eine Frage: Als Sœur Amélia in Paris ankam, da gab es doch sicher ein offizielles Begrüßungskomitee, oder?«

»Natürlich.«

»Wer war bei diesem Anlass zugegen?«

»Es war ein großer Auflauf: Der Bischof kam aus der Stadt herauf, zudem der Chef der Laienvereinigung des Landes. Der Bürgermeister von Paris kam, das hat mich wahnsinnig überrascht, aber es zeigt auch den Stellenwert der Nonne – und natürlich der Bürgermeister unseres Bezirks. Natürlich unsere gesamte Gemeinde, alle Priester und Nonnen, *bien entendu*.«

Lacroix streckte ihm die Hand entgegen. »Ich danke Ihnen.«

»Das war alles?«

»Ja, das war alles. Es tut mir leid, es muss sehr unhöflich wirken, aber so ist es nicht gemeint. Ich muss los, jede Minute kann wichtig sein.«

»Natürlich, Monsieur le Commissaire.«

»Sie hören von mir.«

»Kann ich etwas tun?«

»Beten Sie.«

Mit diesen Worten ging er los, drängte sich durch die Menschenmenge, die auf der anderen Seite des Ganges dem Ausgang entgegenströmte. Dann stieg er die Treppen hinunter und wandte sich der Place du Tertre zu. Noch ein Stück durch die kleine Rue Norvins mit ihren billigen Crêpesbuden und Ansichtskarten- und Kitschläden, dann, rechts ab, wurden die Straßen sofort ruhiger, das alte Dorf begann. Rio hatte ihm die Adresse rausgesucht, und Lacroix hatte sich sofort wieder an das Gespräch auf dem Weihnachtsmarkt erinnert. Er stieg die lange Treppe hinab, dann wandte er sich nach rechts, vorbei an dem Weinberg, der hier oben lag und der jedes Jahr einen reichlich sauren Tropfen produzierte, den nur wirkliche Montmartre-Groupies zu genießen verstanden. Links lag der Friedhof von Saint-Vincent. Es war schon Abend geworden, die Lichter der alten Laternen waren die einzigen Farbkleckse.

Linker Hand standen die letzten drei- und vierstöckigen Wohnhäuser, rechts waren die Produktionshallen für den Wein und die niedrigen Stallungen, ähnlich denen, die Attila für seinen Cyrano von der Stadt gemietet hatte. Jetzt befand sich Lacroix allerdings in einer Parallelstraße, die etwas höher lag und nach oben hin immer schmaler wurde. Lacroix prüfte mit zusammengekniffenen Augen die Hausnummer. 52. Hier musste es sein.

Er ging über eine kleine Brache und durch einen Torbogen, die Tür zu der alten Schmiede war nur von der Hofseite aus zu erreichen. Er ging so leise wie möglich. Nun durfte er nicht ausrutschen und Lärm verursachen. Er hatte nicht lange überlegt, Rose zu informieren, ihm war bewusst, dass er das hier allein machen musste. Er drückte sich gegen die Wand, doch die Fenster waren zu hoch. Er befühlte die Holztür, ohne dass sie knarzte, konnte aber nicht herausfinden, ob sie verschlossen war. Dann entdeckte er ein Fenster, das nicht ganz so hoch lag wie die anderen. Er ging in eine Ecke des alten Hofes und nahm zwei der Bierkästen, die achtlos herumlagen. Leise stellte er sie genau unter das Fenster. Dann stieg er darauf, wieder sehr vorsichtig, um auch ja kein Geräusch zu verursachen. Er kletterte hoch, seine Hände hielten sich an der Wand fest, und blickte hinein. Er erstarrte, weil der Anblick so unerwartet war. Der ganze Raum war von Kerzen erhellt, zudem flackerte ein Feuer in dem alten Kamin. Die Wände waren vollgestellt mit alten Arbeitstischen und Werkzeugen, es sah aus, als sei die Schmiede noch in Betrieb. Er sah die Liege in der Ecke, den Waschtisch, auf einem Holztisch Baguette, Käse und Weinflaschen. Sein Blick wanderte zu Monsieur Dufour, der vor dem Kamin kniete und die Hände wie zum Gebet gefaltet hielt. Ihm gegenüber in einem großen Sessel saß sie, unverkennbar, Sœur Amélia. Es gab nicht den leisesten Zweifel, Lacroix erkannte sie sofort: ihre schmale Gestalt, das faltige Gesicht, auf ihren Zügen lag die reinste Güte. Sie war wohlauf, soweit Lacroix das beurteilen konnte. Als Dufour den Kopf hob, sah der Commissaire, dass er weinte, Tränen liefen über sein Gesicht. Sœur Amélia stand auf, sie erhob sich ohne Umschweife aus ihrem Sessel und trat zu ihm, reichte ihm die Hand, die er ergriff. Und dann zog sie ihn auf die Füße, es sah mühelos aus. Sie nahm ihn in die Arme und hielt ihn ganz fest, keiner der beiden bewegte sich mehr, aber Lacroix sah das Beben, das durch Dufours Körper ging.

Lacroix besah sich die Umgebung. Da lag ein Schürhaken neben dem Kamin, abgesehen davon keine weiteren potenziellen Waffen.

Jetzt. Es war der richtige Moment. Er stieg von den Kisten und ging die paar Schritte, dann riss er an der Tür, die tatsächlich sofort aufsprang. Mit einem Satz war er drinnen und ging langsam auf die beiden zu, es war wahnsinnig warm hier drinnen, das Feuer hatte eine enorme Kraft. Sie hatten ihn noch nicht bemerkt, Monsieur Dufours Schluchzen war zu laut, zu durchdringend. So blieb er in einiger Entfernung stehen und sagte leise:

»Sœur Amélia?«

Sie wandte ihm den Kopf zu, ihre Augen freundlich. Sie schien nicht überrascht zu sein, nickte ihm nur zu, als solle er noch warten, sich noch etwas gedulden. Nach Minuten, in denen Dufour sich langsam beruhigte, löste er sich von der Nonne und wandte sich Lacroix zu. Sein Blick war voller Schuld, und er nahm die Arme nach vorn, als erwarte er, dass der Commissaire ihm sogleich Handschellen anlegte.

»Ich wusste, dass Sie kommen würden. Ich dachte, es kann nicht sein. Aber tief drinnen wusste ich es.«

Lacroix beachtete ihn erst mal nicht, sondern ging auf die Nonne zu. Sie trug ihr schlichtes schwarzes Gewand, ihre Haut hatte den dunklen Teint derer, die ihr Leben lang viel Zeit in der Sonne verbracht haben. Er gab ihr die Hand, und sie nahm die seine, ihr Händedruck war fest und kühl.

»Sœur Amélia, nehme ich an? Ich bin Commissaire Lacroix von der Brigade criminelle. Geht es Ihnen gut? Brauchen Sie einen Arzt?«

»Mir geht es sehr gut, seien Sie bitte unbesorgt. Er hat mir kein Haar gekrümmt.«

»Das macht mich sehr froh. Darf ich Sie bitten, wieder Platz zu nehmen? Ich denke, wir sollten miteinander sprechen, damit ich all das verstehe.«

»Sie haben uns gefunden, ich denke also, dass Sie ohnehin schon alles verstehen«, sagte sie mit einem Lächeln in der Stimme. Ihr war eine kluge Süffisanz eigen, sodass Lacroix sie sofort ins Herz schloss.

»Nicht alles«, entgegnete Lacroix. »Monsieur Dufour, holen Sie die beiden Stühle da, wir sollten reden.«

Er selbst ging zu dem Tisch und füllte drei Gläser aus der Rotweinflasche. Eines davon reichte er der Nonne, eines dem Bürgermeister, als der Platz genommen hatte, und aus dem dritten trank er selbst einen großen Schluck.

»Das war jetzt nötig«, sagte er und lehnte sich zurück. Das Feuer des Kamins spiegelte sich in den immer noch feuchten Augen von Monsieur Dufour.

»Sie sind es also, der gefürchtete Weihnachtshasser vom Montmartre. Sie haben all diese Dinge getan, dabei war das eigentliche Verbrechen, dass Sie Sœur Amélia entführt haben. Ist es nicht so?«

Dufour sah ihn an, blass und reglos. »Ja, so ist es.«

»Ich war eben beim Priester von Sacré-Cœur.«

»Ist er sehr besorgt um mich, der arme Mann?«, fragte Sœur Amélia.

»Es geht. Er ahnte nicht, dass Sie Opfer eines Verbrechens geworden sind. Ich denke, er würde sich freuen, wenn Sie den Gottesdienst morgen halten.«

»Das werde ich, so Gott will und so man mich nicht ein weiteres Mal entführt.«

»Monsieur Dufour war Teil des Begrüßungskomitees in Sacré-Cœur, als Sie in Paris ankamen, richtig?«

»Ja. Er stand da, neben dem Pariser Bürgermeister.«

»Offenbar kennen Sie sich schon lange. Ich verstehe nur nicht, warum er Sie entführt hat, Madame.«

»Vielleicht«, sagte sie milde, »sollten Sie es erzählen, Charles. Sie haben mir ja nun schon alles dargelegt, wir hatten viel Zeit. Nun sollten Sie es dem Commissaire gestehen.«

Dufour richtete sich in seinem Stuhl auf, aber es war nur ein müder Versuch. Es war kein Vergleich zu dem ambitionierten und charmanten Mann, den Lacroix auf dem Weihnachtsmarkt kennengelernt hatte. Hier saß ein gebrochener Mann.

»Sie wären nicht hier, wenn Sie nicht meinen Lebenslauf mit dem der gnädigen Sœur Amélia verglichen hätten, Commissaire. Ich wusste, wenn jemand drauf kommt, dann Sie – und zwar auf diesem Wege. Es war vor mehr als sechzehn Jahren in der Zentralafrikanischen Republik. Ich habe eine Einheit angeführt, die im Norden des Landes stationiert war. Es war eine schreckliche Zeit, im Land herrschte Bürgerkrieg, und dann gab es noch die Konflikte im Tschad und in Darfur. Wir waren mittendrin. Afrika war ein einziges Pulverfass zu jener Zeit, ich bin mir aber nicht sicher, ob es jetzt besser ist. Ich war den Krieg so leid, Sie können es sich nicht vorstellen.«

»Das kann ich sicher nicht«, sagte Lacroix.

»Meine Einheit bestand aus sechs jungen Männern, sie waren echte Kämpfer, Elitesoldaten. Sie waren hart, es gab einen großen Korpsgeist. Wir waren schon zwei Jahre dort unten, es war ein unglaublich schlimmer Einsatz. Zwei Jahre ohne Heimaturlaub. Das verändert die Menschen, es verändert sie, und zwar nicht zum Guten. Dann gab es diese schrecklichen Tage, in denen wir unter Beschuss lagen und nicht mehr wussten, wer Freund und wer Feind war. Die Fronten verschwammen. Danach war alles anders. Meine Männer …« Wieder wurden seine Augen feucht, die Erinnerungen schienen ihn verrückt zu machen. »Ich wusste, dass einige meiner Männer Kontakt zu Frauen im nächsten Dorf hatten, aber ich habe es viel zu spät kapiert: Sie hatten sich komplett verändert. Ich habe es erst verstanden, als wir ein Mädchen gefunden hatten, das sich umgebracht hatte. Ich habe einen meiner Männer gefragt, und nach Stunden hat er es gestanden. Sie haben wochenlang in dem Dorf gewütet, sie hatten keine

Skrupel, sie hielten sich für die reichen und mächtigen Europäer. Sie haben die Frauen vergewaltigt, ganz nach Belieben. Ich habe gekotzt, als ich davon gehört habe, mir war so schlecht, ich dachte, ich könne nie wieder …«

»Und dann kam ich ins Dorf«, sagte Sœur Amélia. »Wir hatten davon gehört, dass es eine französische Einheit war. Die Rebellen hatten davon erzählt. Es gab immer wieder französische Soldaten, die im Krieg Verbrechen an Frauen begangen haben. Ich hatte schon oft darauf aufmerksam gemacht, und es war mein Ziel, diese Männer auszuliefern. Aber bei der Einheit von Monsieur Dufour – ich kannte seinen Namen damals nicht – stießen wir auf Granit. Niemand wagte, etwas zu sagen. Nicht die Frauen, nicht er, der Kommandant.« Sie zeigte auf ihn. »Und dann, am nächsten Morgen, ist die Truppe einfach verschwunden gewesen, sie hatten sich in der Nacht aus dem Staub gemacht. Wie vom Erdboden verschluckt. Keine Spur von der Einheit, und auch im Verteidigungsministerium in Paris eine Mauer des Schweigens. Es war der einzige offene Fall, den ich in meiner Zeit in Afrika erlebt habe.«

»Wir haben wirklich nachts die Zelte abgebaut, sind in die Jeeps gestiegen und in die Hauptstadt gefahren. Einige Wochen später wurden wir ausgeflogen. Keiner von uns hat je über die Vorkommnisse in dem Dorf gesprochen. Wir haben uns seitdem nie wiedergesehen. Jeder von uns wusste, dass er die anderen in der Hand hatte – aber wir waren trotzdem sicher. Der Korpsgeist schützte uns.«

»Und dann stand plötzlich Sœur Amélia einfach vor Ihnen.«

»Ich hatte alles vorbereitet, für den Fall, dass sie mich erkennen sollte. Und ich habe sofort gesehen, dass Sie mich erkannt haben, Schwester. Der Schreck, ich war bei Ihrem Blick sofort wieder in Afrika. Ich wäre fast in Ohnmacht gefallen.«

»Nach der Begrüßung hat er mich diskret hinausgebeten. Wir sind hierhergegangen, er sagte, er wolle mir alles erklären. Und dann fand ich mich in dieser Scheune wieder.«

»Allein?«

»Ja. Monsieur Dufour hat die Tür von außen verriegelt. Aber er hatte Lebensmittel, Wasser und Wein deponiert. Da wusste ich, dass er mich nicht töten würde.«

»Und Sie, Monsieur Dufour?«

»Ich habe den ersten Streich durchgeführt.«

»Einen Streich nennen Sie das?«

»Das Erste war wirklich ein Streich. Ich wollte wissen, ob es klappt.«

»Niemand hat Sie gesehen.«

»Ich habe Montmartre noch nie so leer gesehen. Es war ein Kinderspiel. Ich kenne die Einsatzpläne, ich wusste, wann die Ablösungen der Streifenpolizisten sind. Ich hatte eine Kapuze auf, niemand hat mich erkannt. Weil niemand da war. Ich hatte gesehen, wie die Techniker die Lichterketten angebracht haben, ich kannte die Funktionsweise der Halterung. Es hat keine halbe Stunde gedauert. Ich habe alles hier in die

Scheune gebracht.« Er wies auf zwei schwarze Reisetaschen, die in der Ecke standen. »Am nächsten Tag habe ich mich nicht hierhergetraut, ich konnte Sœur Amélia nicht unter die Augen treten. Mein Plan war einigermaßen aufgegangen. Aber es musste der nächste Streich her. Der Baum ...«

»Sie haben ihn umgesägt.«

»Die Säge war in meiner Tasche. Wieder war der Berg wie ausgestorben. Ich bin ein kräftiger Mann, Commissaire. Ich war Elitesoldat. Ich habe viele Bäume gefällt. Es ging wieder in weniger als drei Minuten.«

»Diesmal wurden Sie gesehen.«

»Ich habe die jungen Leute wegrennen sehen. Ich wusste, dass sie mehr Angst vor mir hatten als ich vor ihnen.«

»Aber es reichte Ihnen nicht.«

»Ich brauchte mehr Aufmerksamkeit. Spätestens als Sie auf dem Weihnachtsmarkt nach Sœur Amélia fragten, da wusste ich es.«

»Sie haben ein Lebewesen getötet.«

»Und ich werde deshalb nie wieder in meinem Leben glücklich sein, das weiß ich.«

»Erzählen Sie davon.«

»Ich habe dem Kutscher aufgelauert und ihn niedergeschlagen, aber so, dass er keine bleibenden Schäden davonträgt. Wir hatten in der Armee mehrere Schulungen in Anatomie, ich kann Menschen verletzen, ohne dass Spuren bleiben. Ich bin nicht stolz darauf, das müssen Sie mir glauben. Als er da lag, habe ich das Messer genommen und das Pferd niedergestochen.

Ich habe schon währenddessen geweint. Was habe ich mir nur gedacht? Wie wollte ich das rechtfertigen? Es war so schrecklich. Ich bin weggerannt, ich war voller Scham, es war der Tiefpunkt meines Lebens.«

»Was ist dann passiert?«

»Ich wusste, was ich tun musste. Ich bin direkt hierhergekommen und habe mich zu Sœur Amélia gesetzt. Seitdem, seit gestern Vormittag, sitzen wir zusammen und reden.«

»Es stimmt«, sagte sie voller Sanftmut. »Er hat mir alles gestanden. Er hat die ganze Verantwortung auf sich genommen. Wir haben stundenlang gesprochen, über damals, über Afrika. Und wir haben gebetet.«

»Was hatten Sie mit Sœur Amélia vor?«

»Ehrlich? Keine Ahnung. Ich habe sie entführt, um zu verhindern, dass ich entdeckt werde. Aber ich habe nicht eine Sekunde darüber nachgedacht, was ich tun würde, wenn ich sie in meiner Gewalt hätte.«

»Sie hatten einen so ausgeklügelten Plan, aber darüber hatten Sie nicht nachgedacht?«

»Nein, kein bisschen. Es war so idiotisch, der ganze Plan, ein Ritt auf der Rasierklinge, so unwahrscheinlich, dass ich nie geglaubt habe, dass er funktioniert.« Er schüttelte den Kopf, so ungläubig war er immer noch. »Ich glaube, ich wusste, dass ich sie freilassen muss. Ich hätte ihr nie etwas antun können.«

»Sie haben im Krieg getötet.«

»Das ist etwas anderes. Wahrscheinlich dachte ich, dass ich sie davon überzeugen kann zu schweigen. Und dann fahre ich sie in zwei oder drei Wochen zum Flughafen, wenn Gras über die Sache gewachsen ist, wenn sich alle mit ihrem Verschwinden abgefunden haben, und lasse sie zurück nach Afrika fliegen. Aber nachdem ich das Pferd ermordet habe, da war mir klar, dass es zu spät ist. Dass Sie mich finden werden, Commissaire. Ich bin froh darüber, sehr froh.«

»Hat er Sie gut behandelt, Sœur Amélia?«

»Ich hatte Wein, guten Wein, nicht den vom Montmartre. Also: Ja, ich wurde gut behandelt. Ich konnte beten, ich hatte es warm und gemütlich. Es war wie in Afrika. Nur drinnen.«

»Es tut mir sehr leid«, sagte Dufour und brach wieder in Tränen aus. Sie ging zu ihm und schloss ihn in ihre Arme, und Lacroix sah nach einer Weile weg, weil er wusste, dass es vorbei war – und weil das Schluchzen dieses Mannes, die Verzweiflung, die Schuld ihn so anrührten. Noch mehr aber berührten ihn die Güte, die Größe und die Gläubigkeit der alten Dame. Wären doch mehr Menschen wie sie, dachte Lacroix, und wähnte sich sogleich in einem Weihnachtsmärchen. Herrgott, schalt er sich, er musste wirklich dringend eine Pfeife rauchen, er wurde schon ein alter und sentimentaler Narr.

Joyeux Noël

22

Vielleicht ist das die Botschaft des Heiligen Abends: dass wir einander wieder vertrauen lernen – auch und besonders in einer so großen Stadt wie Paris, in einem so reichen Land wie Frankreich. Dass wir einander nicht mit Argwohn begegnen und missgünstig sind oder neidisch auf den anderen, sondern dass wir zulassen, an das Gute im Menschen zu glauben. Denn ich weiß: Es ist da. Wenn Sie viel Zeit bei den Ärmsten verbringen, den Ärmsten der Armen, dann wissen Sie, worum es wirklich geht: darum, den Hunger zu stillen. Darum, dem Leid, der Furcht und dem Tod zu entkommen. Um pures Überleben. Aber dann, gleich als Nächstes, wenn die unmittelbare Gefahr vorbei ist, sehen sich diese Menschen um und fragen sich: Wem kann ich als Nächstes helfen? Das hat mich tief beeindruckt. Und uns, in diesem reichen Land, droht keine unmittelbare Gefahr. Deshalb sollte genau das unsere Frage sein: Wem kann ich als Nächstes helfen? Und dann sollten wir das tun. Und …«, sie stockte für einen Augenblick, leckte sich über die Lippen, um die lange Predigt beenden zu können, »… wir sollten vergeben. Es ist so leicht, zornig zu sein und andere zu verurteilen. Ich versuche, selbst wenn mir jemand das Schlimmste antun wollte, zu sehen, was diesem Willen zugrunde lag. Ich will vergeben, auch wenn ich zugeben muss, dass es nicht immer gelingt. Und damit, meine Schwestern und Brüder, wünsche ich Ihnen und uns allen ein gesegnetes Weihnachtsfest. Der Friede des Herrn sei alle Zeit mit Euch.«

»Und mit deinem Geist«, schallte es in tausend Kehlen durch die weiße Kirche. Dominique hatte Lacroix' Hand die ganze Predigt über gehalten und drückte sie nun fest. Sie wusste noch nichts von der ganzen Tragödie und hatte trotzdem gespürt, dass er in diesem Moment tief berührt war.

Die alte Nonne stand dort vorn, neben ihr saßen die Würdenträger, der Priester, die Diakone, all die Geistlichen von Sacré-Cœur, links die Nonnen des Klosters. Sie aber stand mittig vor dem Altar, und nun hob sie die Hände. Alle erhoben sich, die Geistlichen und die Gläubigen, und Sœur Amélia spendete den Segen.

»Gehet hin in Frieden«, rief sie mit ihrer so jungen Stimme und diesem Ausdruck auf dem Gesicht, der pure Gottergebenheit ausdrückte, ganz so, wie Lacroix sie in der Schmiede kennengelernt hatte.

»Dank sei Gott dem Herrn«, riefen die Gläubigen in den Bänken.

Der Organist setzte ein und spielte *»Douce nuit, Sainte nuit«* – »Stille Nacht, heilige Nacht«. Tausend Kehlen schmetterten es, und Lacroix sah Dominique an und die Tränen, die ihre Wangen hinunterliefen. Nun war er es, der fest ihre Hand drückte.

Und dann war es, als fegte eine kollektive Erlösung durch das Gotteshaus. Sie alle standen auf, beinahe zeitgleich, verabschiedeten sich, manche umarmten sich, gaben sich die *bises*. Auch die Lacroix drückten ihre Nachbarn, und dann drängten sie alle zum Ausgang, als könnten sie es gar nicht erwarten, auszuschwärmen in die Heilige Nacht.

Die Portale wurden geöffnet, und Lacroix blieb für einen Moment stehen, so geblendet war er: Es war tatsächlich neuer Schnee gefallen, und die Luft war gleichzeitig so mild, dass er schon den Frühling zu spüren glaubte – wie unwahrscheinlich war diese Kombination. Die Eheleute sahen sich an und lächelten, dann griff Dominique nach seiner Hand, und sie gingen langsam den Berg hinunter.

Eine halbe Stunde später stiegen sie aus dem Taxi, das sie nach *rive gauche* gebracht hatte. Christiane hatte sie schon kommen sehen und hielt ihnen die Tür auf. Sie umarmten sich, und sofort erfüllte den Commissaire eine tiefe Wärme. Es war nicht viel los in der Fontaine de Mars, an Heiligabend aßen die Menschen daheim. Die Lacroix aber kehrten jedes Jahres hier ein, eine lieb gewordene Tradition.

»Meine Lieben, es ist so schön, euch zu sehen«, sagte die Wirtin, die über die Jahrzehnte zu einer Freundin geworden war. Sie war stets akkurat gekleidet, meist in einem Hosenanzug in gedeckten Farben. An diesem besonderen Tag aber trug sie ein dunkelrotes Kleid, das ihre Figur zur Geltung brachte.

»Wir freuen uns so sehr, Christiane«, sagte Dominique.

»Es gibt ja auch gleich zwei Gründe zu feiern, oder?

Weihnachten und ein gelöster Fall, ist es nicht so, Commissaire?«

Lacroix nickte verlegen. Denn auch das war eine Tradition geworden: Nach jedem Fall, den er aufgeklärt hatte, gingen Dominique und er in die Fontaine de Mars und besprachen die Einzelheiten des Verbrechens.

Das typische Pariser Bistro lag unweit des Eiffelturms im Rücken der rumänischen Botschaft an einem steinernen Brunnen, der ihm seinen Namen gab. Es war so aus der Zeit gefallen wie die Weinbar *rive droite*: gestärkte Tischdecken mit rot-weißem Karo, schwere Holzstühle, deftige Gerichte aus dem Südwesten, die aber fein angerichtet wurden – und vor allem: ein formvollendeter Service. Lacroix liebte die Fontaine.

»Gut, meine Lieben, dort …«, sagte Christiane und führte die Eheleute wie stets zu dem schönsten Tisch unter dem ausladenden Spiegel. Von hier hatten die Lacroix den besten Blick ins Bistro und dennoch ihre Ruhe. Sie saßen einander nicht gegenüber, sondern nahmen beide auf der rot bespannten Bank Platz.

»Wir machen es wie jedes Jahr?«, fragte die Wirtin.

»Wie jedes Jahr«, sagte Lacroix, und seine Augen blitzten voller Vorfreude. Aßen sie sich an anderen Tagen durch die Karte, mit Vorspeise, Hauptgang und Dessert, manches Mal auch Käse, war es am Heiligen Abend anders: Es gab dann für sie nur ein Gericht, und darauf freuten sie sich ab dem Augenblick, an dem es kalt wurde in Paris.

»Dann bringe ich euch gleich den Wein, einverstanden?«

»Sehr«, sagte Dominique. Dann rutschte sie ein Stück weg von ihrem Mann, um ihn direkt anzusehen. Er spürte, wie neugierig sie war. Natürlich war Dominique stets interessiert an Lacroix' Fällen, dieses Mal aber war sie fast persönlich betroffen.

»Sag mir, warum ist er zurückgetreten? Nun sag schon, es ist doch nicht etwa ... War er es?« Lacroix konnte sich nicht erinnern, wann sie das letzte Mal so ins Stottern gekommen war. Es war aber auch ungewöhnlich: Der Rücktritt des Bürgermeisters des 18. Arrondissements war in einer kurzen Pressemitteilung bekannt gegeben worden. Die Zeitungen überboten sich mit Spekulationen, hatten aber eigentlich nichts zu berichten. Nichts außer der Tatsache, dass Dufour Hals über Kopf seinen Schreibtisch geräumt, das Rathaus verlassen hatte und mit unbekanntem Ziel ins Ausland gegangen war. An seiner Wohnadresse an der alten Schmiede von Montmartre war niemand anzutreffen, der Auskunft geben konnte. Nicht einmal Romy Schneider hatte etwas herausgefunden. So blieb das alles ein großes Geheimnis, in einer Stadt, in der die Bezirksbürgermeister eigentlich einen Posten auf Lebenszeit hatten.

Christiane kam und öffnete die Flasche, dem Anlass entsprechend etwas ganz Besonderes: ein 2005er Château Pichon-Longueville aus Saint-Julien. Sie schenkte wie stets beiden einen Schluck ein, die Lacroix kosteten und nickten. Nachdem sie vom Wein getrunken hatten, lehnte sich der Commissaire zurück und begann mit noch leiserer Stimme als sonst:

»Es stimmt: Monsieur Dufour steckt hinter allem. Es war ein einziges großes Ablenkungsmanöver.«

»Ein Ablenkungsmanöver? Der Angriff auf die Weihnachtssymbole?«

»Ich erinnere mich noch ganz genau, als ich die kurze Notiz im *Parisien* gelesen und dann die leeren Bäume auf der Place du Tertre gesehen habe. Schon da habe ich geahnt, dass es eigentlich nicht um die Lichterketten geht. Die Taten sollten etwas anderes verdecken. Das Problem war: Nach dem gefällten Baum gab es eine Zeugin, die angab, zwei Menschen gesehen zu haben, die weggerannt sind. Ich hielt sie für glaubwürdig. Deshalb dachte ich dann doch, dass es eine politisch motivierte Tat sein muss. Und die war Monsieur Foll wie auf den Leib geschneidert.«

»Der eigentliche Täter wollte alles so aussehen lassen, als wäre Serge Foll es gewesen, und ihm die Taten in die Schuhe schieben?«

»Ich habe gestern eine Stunde lang in meinem Büro gesessen und mich gefragt, wer wusste, welche Dinge Folls Zorn erregt hatten, und wer ein Interesse daran hätte, dass er verschwindet.«

»Und?«

»Die anderen Maler wussten davon. Aber sie hätten ohne Foll nicht einen Kunden mehr gehabt. Die Menschen wollten von ihm gemalt werden und nicht von einem Kitschpinsler oder einem Karikaturisten. Also hätte es Folls Verlobte sein können. Erst recht, als wir von dem Mietvertrag erfahren haben. Aber es gab noch jemanden, der über Folls Hass sehr genau informiert war. Schwarz auf weiß sogar.«

»Wer? Nun sag schon.«

»Ebenjener Maire Dufour. Serge Foll hatte immer wieder Pamphlete ins Rathaus geschickt, um sich gegen Neuerungen im Quartier zu wehren. In seinem letzten Brandbrief hat er genau gegen drei Dinge gehetzt.«

»Die Lichterketten, den Baum und die Kutsche.«

»Richtig«, sagte Lacroix. »Erinnerst du dich? Dufour hatte auf dem Weihnachtsmarkt selbst von dem Schreiben erzählt.«

»Aber warum wollte Dufour Foll hinter Gittern sehen?«

Lacroix lachte kurz auf. »Das ist es ja, Dominique. Foll war Dufour völlig egal!«

»Jetzt verstehe ich gar nichts mehr.«

»Das ging mir auch so.« Lacroix nahm den letzten Schluck aus seinem Glas und goss ihnen beiden nach. Der Médoc war fantastisch.

»Es war genial. Teuflisch und genial. Pass auf: Es gab doch den ganzen Dezember kein anderes Thema auf dem Montmartre als den Gottesdienst von Sœur Amélia. Die Ankunft der Mutter Teresa der Neuzeit. Erinnerst du dich? *Le Parisien* war voll davon.«

»Stimmt. Sie haben viele Artikel geschrieben, und jetzt, nach dem Gottesdienst, verstehe ich auch, warum. Eine wirklich beeindruckende Frau. Auch wenn wir natürlich nächstes Jahr wieder den Gottesdienst deines Bruders besuchen.« Sie lächelte ihn an.

»Da hast du recht. Nun ja, jedenfalls muss Charles Dufour völlig unter Schock gestanden haben, als er erfahren hat, dass sie in ihrem hohen Alter tatsächlich noch mal ihr abgeschiedenes Kloster in Afrika verlässt und ausgerechnet in Sacré-Cœur einen Gottesdienst abhalten wird. Er kannte sie nämlich. Schon lange.«

Dominique sah ihn ungläubig an.

»Erinnerst du dich, wie er auf dem Weihnachtsmarkt seinen Glühwein verschüttet hat, als ihr Name fiel? Ich dachte, er sei angerempelt worden – aber er hatte sich einfach nur erschrocken. Je näher der Besuch rückte, desto nervöser wurde er. Und desto teuflischer wurde sein Plan. Sie konnte alles zerstören. Er hat eine beeindruckende Karriere hingelegt, sich all das aus dem Nichts aufgebaut. Und nun hätte eine einzige Nonne das alles vernichten können. Ihn vernichten können.«

»Was hat er denn bloß getan?«

Lacroix fasste die Ereignisse, die sich vor mehr als zehn Jahren in der Zentralafrikanischen Republik ereignet hatten, knapp zusammen. Es war das zweite Mal an diesem Tag, dass Dominique die Tränen über das Gesicht liefen.

»Das ist so schrecklich«, sagte sie.

»Sœur Amélia hat dem Verbrechen den Kampf angesagt, auch den Gewalttaten, die französische Soldaten in Afrika verübt haben. Sie hat schon viele Militärs vor den Internationalen Gerichtshof in Den Haag gebracht.« Lacroix holte Luft, nun kam er zum Kern der Geschichte. »Nur Dufour und seine Einheit hat sie nicht finden können. Sie hätte ihn nie gefunden. Und dann stand er plötzlich vor ihr, in dem Begrüßungskomitee. Er musste dahin, weil sich auch der Bürgermeister der Stadt angekündigt hatte. Sœur Amélia hat ihn trotz ihres hohen Alters und den vielen Jahren, die vergangen sind, sofort erkannt. Aber sie konnte nichts sagen in diesem Moment, sich niemandem anvertrauen. Sie wollte zuerst mit Dufour selbst sprechen, das gebot ihr ihr Menschenbild. Sie wollte ihn sich erklären lassen. Das wurde ihr zum Verhängnis.«

»Warum hat sie ihn nicht finden können? Das verstehe ich nicht. Sein Name steht doch im Internet, auch dass er Politiker geworden ist.«

»Alle wussten, dass Monsieur Dufour in der Armee war, aber nicht, was er dort getan hat. Er war der Chef einer Eliteeinheit. Und diese Einheiten werden besonders geschützt. Sie tragen keine Namensschilder, sie agieren anonym. Zum Schutz ihrer Familien. So hatte Sœur Amélia ausgerechnet Dufours Schergen nie an den Haken bekommen, weil sie eben keine Namen hatten. Sie waren unbekannte Kämpfer. Das macht es für die Opfer ja noch schlimmer. Ich habe Rio alles überprüfen lassen.«

»Das ist ja schrecklich.«

»Aber das war ein Teil unseres Deals: Monsieur Dufour hat uns die Namen der Vergewaltiger genannt. So können die Opfer doch noch Gerechtigkeit erfahren.«

»Das ist zwar ein schwacher Trost, aber immerhin.«

»Die Begrüßungszeremonie war vor fünf Tagen, oder? Was ist dann passiert?«

»Der Plan war so wahnwitzig, dass ich beinahe nicht

darauf gekommen bin. Dufour hat es sich zunutze gemacht, dass Sœur Amélia mit ihm sprechen wollte. Er hat sie aus der Sakristei nach draußen geführt und zu sich gebeten. Sie hat sich nichts dabei gedacht, er war schließlich der Bürgermeister. Doch statt in seinem Salon bei einem Glas Wein fand sie sich in der Scheune wieder – und zwar allein, mit verriegelten Fenstern und Türen. Sie war gefangen. Und Dufour stand plötzlich noch mehr unter Druck. Was würde die Zeitung schreiben, wenn herauskäme, dass Sœur Amélia wie vom Erdboden verschwunden war? Man würde Nachforschungen anstellen, und ein Wühler wie Mademoiselle Schneider würde irgendwann dahinterkommen. Deshalb hatte er nur ein Ziel: Die Presse durfte überhaupt nichts mehr über Sœur Amélia schreiben.«

»Weil sie …«

»Weil sie ein ungleich spannenderes Thema hatte. Es durfte nichts allzu Augenscheinliches sein. Stattdessen ein großes Rätsel. Ein Mysterium. Ein Fall, der sich immer weiterdreht und die Aufmerksamkeit der Leser jeden Tag aufs Neue fordert. Lichterketten, die wie vom Erdboden verschwunden sind. Das ist nicht gefährlich, aber spannend. Dann die Tanne. Was für ein Symbol – ein gefallener Christbaum. Das bringt Schlagzeilen. Und dann – das schrecklichste Ereignis: das Pferd. Dufour war klar, dass Blut fließen muss, dass er einen echten Höhepunkt braucht. Das Rätsel war vollkommen. Und Dufour wusste, dass wir Serge Foll festnehmen würden. Seine Vernehmung, seine Aussage, all das hätte die Schlagzeilen noch tagelang befeuert. Und ich habe von Anfang an sogar noch dabei geholfen.«

»Weil du schon auf die erste kurze Nachricht aufmerksam geworden bist.«

»Ganz recht. Und erinnerst du dich, wie Dufour die Angelegenheit schon nach dem ersten Ereignis befeuert hat? Wie er wollte, dass sich die Polizei kümmert? Wie er Rose gedrängt hat, sich der Sache anzunehmen? Wie er sich gefreut hat, dass ich mich an den Ermittlungen beteilige? Er wusste, dass er so noch mehr Aufmerksamkeit bekommen würde.«

»Herrgott, das ist ja genial.«

»Es war die geniale Idee eines zutiefst verzweifelten Mannes, der retten wollte, was nicht mehr zu retten war.«

»Aber was hatte er mit Sœur Amélia vor? Er wollte sie doch nicht …«

Lacroix schüttelte den Kopf. »Nein, er wollte sie nicht töten. Er wusste selbst nicht, was er mit ihr anstellen wollte, wenn er sie erst in seiner Gewalt hatte. Am Ende hat er darauf gesetzt, dass sie ihm nach seinem Geständnis verzeiht und ihn in Ruhe lässt, wenn sie wieder nach Afrika fliegt. Aber darauf hätte sie sich natürlich nicht eingelassen. Sie will die Soldaten drankriegen. Nach meinem derzeitigen Kenntnisstand war Dufour selbst nicht an den Verbrechen beteiligt, aber er hat sie gedeckt. Wenn er nun aussagt, wird er der Justiz helfen. Deshalb hat sie ihm letztendlich vergeben.«

»Aber wo ist er jetzt, *mon cher*? Schließlich ist er nicht unschuldig.«

»Ich weiß, und ich habe lange mit mir gerungen. Am Ende des Abends in der Scheune hat mich Sœur Amélia zur Seite genommen. Sie sagte: ›Ich denke, dieser Mann büßt schon seit langer Zeit. All diese Erinnerungen, die ihn quälen, und die Angst, alles zu verlieren. Seine Karriere, sein Ansehen, seinen Beruf. Nun wird er all das verlieren, aber ich denke, wir sollten ihm seine Ehre lassen. Wenn wir die Wahrheit an die Öffentlichkeit zerren, dann würde er auch noch seine Ehre verlieren. Die Menschen in Europa sind unbarmherzig. Die sozialen Medien sind die Guillotine unserer Zeit. Wenn er gegen die Verbrecher aussagt, dann lassen Sie ihn ziehen, Commissaire. Lassen Sie ihn ziehen und irgendwo sein Glück finden.‹ Bei den letzten Sätzen hat sie meine Hand genommen. Ich hatte Gänsehaut. Ich habe ihn die Namen der Soldaten aufschreiben lassen, die bei den Vergewaltigungen beteiligt waren. Dann habe ich ihn gehen lassen. Er hat Familie in Nordafrika, ein entfernter Cousin hat ein kleines Hotel in Marokko. Dorthin ist er in derselben Nacht gereist. Er wird nicht wiederkommen. Nur zu seiner geheimen Aussage in Den Haag.«

Erschöpft brach Lacroix ab, und Christiane, die in einer Ecke gestanden hatte, nutzte den Augenblick. Zwei Kellner standen fragend hinter ihr.

»Ich habe jetzt mehr als eine Stunde gewartet, weil ich euch nicht stören wollte, meine Lieben. Dürfen wir nun servieren?«

Das Ehepaar Lacroix lachte sich an. »Es ist genau richtig, wirklich perfekt, *merci*«, sagte der Commissaire.

Christiane nickte, und die beiden Kellner mit weißem Hemd, Weste und Fliege zogen den Servierwagen näher.

Sie konnten den Blick überhaupt nicht von der großen Platte lösen. Es war göttlich.

»*La pintade aux châtaignes flambée au cognac*«, sagte Christiane, aber es wäre nicht nötig gewesen, es war ihr traditionelles Weihnachtsessen. Nur schien es diesmal noch besser gelungen zu sein als jemals zuvor. Die mit dem Cognac flambierte Haut des Perlhuhns war so kross und glänzte goldbraun, dass Lacroix am liebsten selbst Hand ans große Tranchiermesser angelegt hätte, doch einer der beiden Kellner hatte schon begonnen. Das Tier hatte sicher Stunden bei niedriger Temperatur im Rohr verbracht. Daneben in der dunklen und herrlich reduzierten Soße waren die geschmorten Kastanien. In extra Schälchen kam das sahnige Kartoffelgratin, ohnehin eine Spezialität des Hauses.

»Bitte, Christiane, bring uns noch eine Flasche. Wir waren zu durstig – und heute ist ein Festtag.«

»*Bien sûr, mon cher Commissaire*«, sagte die Wirtin und verschwand.

Das Ehepaar Lacroix sah zu, wie das Huhn zerlegt wurde, doch plötzlich zog Dominique noch etwas aus ihrer Tasche.

»Bevor wir essen: Bitte, *mon amour*, mach doch noch dein Geschenk auf.«

Es war ein kleines Päckchen, schön verpackt, nicht zu groß. Lacroix' Hand zitterte etwas, so aufgeregt war er, vielleicht war es auch der Hunger.

Er hatte gerade das Geschenkband gelöst und war dabei, das Papier aufzuschlagen, da sagte sie: »Ich bin mir gar nicht mehr sicher, ob es das Richtige ist, weil ich dich seit Tagen ganz verändert wahrnehme. Du riechst nicht mehr wie sonst, was so schade ist. Vielleicht hast du aufgehört, ohne es mir zu sagen, aber vielleicht …«

Er öffnete die Schachtel, und da lag sie: dunkelbraun glänzend, das Holz wunderschön geschliffen, edel gemasert, wie er es schöner noch nie gesehen hatte.

»Ist es wirklich eine …?«

»Ja, eine S. Bang aus Kopenhagen, du weißt, es gibt nur 400 Pfeifen pro Jahr. Ich stand zwei Jahre auf der Warteliste.«

»Aber die ist doch …«

»Vergiss den Preis, mein Lieber, sie ist für dich, nach diesem wunderbaren Jahr, das wir zusammen hatten.«

»Ich danke dir so …« Er rückte näher an sie heran und nahm sie in den Arm.

Aber sie schob ihn ein Stück von sich. »Sag schon, Lieber, rauchst du nicht mehr? Ich dachte, es läge an Rose, vielleicht hast du …«

Er nahm ihre Hand und drückte sie ganz fest. »Bitte, *ma chère*, lass mich der Detektiv sein. Ich verspreche dir, dass es immer nur wir zwei sind. Alles andere ist länger her, als ich denken kann. Du und ich für immer. Ich danke dir so sehr! Ich habe seit vier Tagen nicht geraucht und wüsste nicht, was ich gleich lieber täte. Aber lass uns erst essen.«

Die Kellner stellten die Teller vor ihnen ab, es roch göttlich. Christiane brachte den neuen Wein.

»*Bon appétit, mon amour*«, sagte Lacroix und hob sein Glas.

»*Alors, bon appétit* – und vor allem: *Joyeux Noël*, mon Maigret.«

KAMPA VERLAG

Commissaire Lacroix
ermittelt in Paris.

Lacroix und die Toten
vom Pont Neuf

Lacroix und der Bäcker
von Saint-Germain

Lacroix und die stille Nacht
von Montmartre

Lacroix und das Sommerhaus
in Giverny

Sein fünfter Fall
Lacroix und der blinde Buchhändler
von Notre-Dame
erscheint im Frühjahr 2022.

»Ein neuer Meilenstein im inzwischen
sehr weiten Kosmos der Kriminallektüre.«
Andreas Wallentin, WDR 5

KAMPA VERLAG

Georges Simenon
Weihnachten bei den Maigrets

Deutsch von Hansjürgen Wille, Barbara Klau und Bahar Avcilar
Grundlegend überarbeitete Übersetzung
Mit einem Nachwort von Dror Mishani

Der erste Weihnachtstag verläuft nicht nach Madame Maigrets Vorstellungen. Kaum hat sie warme Croissants geholt und den Kaffee aufgesetzt, klingelt es an der Tür: Die neugierige Nachbarin von gegenüber berichtet von einem seltsamen Vorfall am Vorabend. Die kleine Colette habe Besuch vom Weihnachtsmann bekommen. Noch seltsamer erscheint Maigret die kühle Ziehmutter des Mädchens. Von zu Hause aus löst Maigret den Fall und kann seiner Frau das wohl schönste Weihnachtsgeschenk machen.

»Maigret ist immer ein normaler kleiner Bürger geblieben, ein Mensch mit wohlvertrauten Ängsten und Nöten – *Weihnachten bei den Maigrets* zeigt das exemplarisch.«
Claudia Mäder, Neue Zürcher Zeitung

WEIHNACHTSKRIMIS IM KAMPA VERLAG

Georges Simenon
Weihnachten in Paris

Eine Verfolgungsjagd quer durch Paris am Heiligabend und ein Weihnachtswunder in einem kleinen Restaurant in Montmartre – zwei Weihnachtsgeschichten.

Louise Penny
Tief eingeschneit

Besinnliche Weihnachten? Nicht für Armand Gamache. In Three Pines wird jemand vermisst, und die Sûreté droht ihn zu entlassen.

Kaspar Wolfensberger
Gommer Winter

Weiße Weihnachten im Wallis – aber die Idylle trügt: Die Dorfbewohner sind eingeschneit, und im Tal versteckt sich ein Serienmörder.

Gian Maria Calonder
Engadiner Bescherung

Weihnachten mit Massimo Capaul: eisblauer Himmel, schneeweiße Berghänge – perfekt für ein friedliches Weihnachtsfest. Doch dann kommt alles anders.

Wenn Ihnen dieses KAMPA POCKET gefallen hat, gefällt Ihnen vielleicht auch der Lesetipp auf der gegenüberliegenden Seite.

Schicken Sie uns bitte Ihren LIEBLINGSSATZ aus einem Kampa Pocket, bei einer Veröffentlichung auf unseren Social-Media-Kanälen bedanken wir uns mit einem Buchgeschenk: lieblingssatz@kampaverlag.ch